발칙한
마리아주

발칙한 마리아주~약탈의 왕자와 축복의 공주~

초판 1쇄 찍은 날 | 2015년 12월 1일
초판 1쇄 펴낸 날 | 2015년 12월 10일

지은이 | 니가나
그린이 | 나카가와 와카
옮긴이 | 다온
펴낸이 | 예경원

편집책임 | 박우진
편집 | 오아현

펴낸곳 | 예원북스
등록번호 | 제396-2012-000132호
등록일자 | 2012. 7. 25
YRN | 제5-0045호

주소 | 경기도 고양시 일산동구 호수로 646-24 위너스21빌딩 206A호 (우) 10401
전화 | 031-819-9431 팩스 | 031-817-9432
http://blog.naver.com/ainandfin
E-mail | ainandfin@naver.com

ISBN 979-11-5845-756-3 03830

등장인물 소개 6
프롤로그 칠흑의 약탈자 9
제1장 끌려간 신부 20
제2장 병아리의 지저귐 65
제3장 대역 신부 112
제4장 흐트러진 순결 147
제5장 숨 막힐 듯한 꽃향기 198
제6장 물이 드는 꽃잎 237
에필로그 신부는 왕자의 사랑을 탐닉한다 261
작가 후기 271
역자 후기 275

딕 밸런타인
윈스터레이크국의 제1왕자.
아슈레이의 첫사랑. 마리벨의 약혼자.

마리벨
아슈레이의 언니.
챈서레인국의 제1왕녀.

윌프레드 스트라우스
마셜로트 제국의 제1왕자.
폭군이라는 소문이 있다.

아슈레이 로우드
첼서레인국의 제2왕녀.
아름다운 언니에 비해 평범한 자신
에게 열등감을 느끼고 있다.

등장인물소개

발칙한 마리아주

약탈의 왕자와 축복의 공주

프롤로그
칠흑의 약탈자

"왜 잘 안 되는 거야."

태양 빛을 받아 반짝반짝 빛나는 호수의 수면에 맨발을 담근 채, 첼시레인 영세중립국의 제2왕녀인 아슈레이 로우드는 깊은 한숨을 쉬었다.

차가운 물의 기분 좋은 느낌도, 맑게 갠 푸른 하늘도, 청량한 공기도, 따뜻한 태양 빛도, 빛나는 호수 수면의 아름다움도 오늘은 그녀의 어두운 기분을 날려 버리지 못한다.

뇌리를 스치는 것은 매우 아름다운 언니 마리벨에 대한 것이었다.

그녀는 윤기 넘치는 칠흑의 머리칼을 가졌으며, 쭉 뻗은 콧날과 고혹적인 입술을 가지고 있다. 가슴은 풍만하고 허리는 끊어질 듯이 가녀리다. 마리벨의 노랫소리는 성안의 사람들을 매료시키며, 그녀가 연주하는 피아노 선율의 훌륭함에는 누구나가 한숨을 내쉬곤 한다.

아슈레이의 언니인 마리벨이 절세의 미녀인 데다 마음씨까지 곱다는 소문은 국내뿐만 아니라 다른 나라에까지 퍼져 있다.

그 때문에 언니에게는 국내외에서 결혼 신청이 끊이지 않고 있었다.

하지만 그런 언니 마리벨이 이번에 윈스터레이크 왕국의 제1왕자인 딕 밸런타인과 결혼하기로 결정되었다. 윈스터레이크 왕국은 근처의 대국으로, 귀족이나 성직자들이 권력을 휘두르는 절대왕제의 나라이다. 예술이 발달되어 있어 거리는 매우 아름답고 활기가 넘친다고 들었다.

누구도 알지 못하는 이야기이지만, 십 년 전 외교를 위해 그가 이 나라에 방문했을 때부터 딕 왕자는 아슈레이의 첫사랑 상대였다. 하지만 이제 그건 결코 이루어지지 못할 사랑이다. 모든 것에 빼어난 마리벨에게는 이길 수 없다.

그렇기에 아슈레이는 상대에게 마음을 고백하는 것조차 하지 못한 채 우울한 시간을 보내고 있었다.

"……신은 불공평해."

그녀는 멍하니 중얼거리고는 샘물을 바라보았다. 그러자 위로 높게 정돈되어 사뿐히 흘러내리는 금발, 그리고 비쳐 보일 듯이 푸른 눈동자, 빨갛고 작은 입술과 오도카니

솟은 코가 물에 비쳤다.

그 모습은 마리벨과는 크게 달랐다. 같은 부왕의 자식이긴 하지만 마리벨은 제2부인의 딸, 아슈레이는 제1부인의 딸로 어머니가 따른 탓에 모습 또한 크게 다른지도 모른다.

"안 되겠어. 나도 참. ……아무리 실연했다고 해도 언니를 시샘하다니……."

아슈레이는 자조하듯이 그렇게 중얼거리고는 호수를 향해 노래를 흥얼거리기 시작했다.

노래 실력이 형편없다면 잘하는 사람 이상으로 노력을 하면 된다고 생각했기 때문이었다. 하지만 아슈레이가 왕녀의 몸이면서도 이렇게 왕성의 바깥에서 노래를 부르는데는 연유가 있었다.

"귀에 거슬리는 네 노랫소리를 사람들의 앞에서 선보이는 건 그만두지 그래. 소리가 새어 나오는 것뿐이라 달갑지 않다고."

언니 마리벨은 언제나 혐오감을 드러내며 아슈레이를 위압했다.

왕성 내에서 노래나 피아노 연주 연습을 할 때는 마리벨의 방 옆에 있는, 벽이 두껍고 어슴푸레한 연습실에서만 하고 있다. 그리고 그곳에서 연습한 후에는 언제나 마리벨이 기다리고 있다가 자신을 매도를 하는 것이었다.

노래는 좋아했지만 듣는 사람을 불쾌하게 만든다면 누구에게도 노래를 들려줄 수는 없다.

어머니가 살아계셨을 때에는 아슈레이의 노래를 들을 때면 치유가 된다고 미소를 지어 주셨지만 그것은 먼 옛날의 추억. 분명 어머니는 그녀를 배려해 거짓말을 하며 위로해 주셨을 뿐이리라. 그렇게 어머니에 대한 것이나 옛날 일을 떠올리고 있자 아슈레이는 눈물이 날 것 같았다.

노래에 서툰 아슈레이가 포기하지 않고 필사적으로 연습하고 있는 것은 이유가 있었다.

첼시레인의 왕녀는 시집을 가기 전, 왕성의 부지 안에 세워진 대성당에서 나라나 국민을 향한 사랑을 노래에 담아 선보인다는 관례가 있기 때문이다.

아무리 아슈레이가 모두를 사랑하고 있다고 하더라도, 이 상태로는 왕성을 떠나는 날 모든 사람들에게 감사하는 마음을 전하는 일을 할 수 없다.

하지만 아무리 노래를 해도 실력이 나아지고 있다고는 느낄 수 없어서, 아슈레이는 어떻게 해야 좋을지 알 수 없었다. 그저 시간만이 무정하게 지나간다.

"……."

그렇게 아슈레이가 아무도 없는 하늘을 향해 노래를 계속하고 있자 별안간 새가 천천히 지상을 향해 내려오고, 다람쥐와 아기 사슴이 사랑스러운 모습을 드러내며 그녀의 곁으로 모여 들었다.

자신의 노래를 들어주는 것은 동물들뿐이었다. 아무리 괴롭다고 하더라도 누군가가 곁에 있어준다면 조금은 마음이 치유된다. 설령 그것이 말이 통하지 않는 동물들이라고 해도 혼자 있는 것보다는 훨씬 행복하다.

이 성의 고용인들은 아슈레이에게 매우 다정하게 대해준다. 그리고 그녀도 그들 모두가 매우 좋아서, 왕녀의 몸이긴 했지만 살짝 일을 도와준 적도 있었다. 하지만 마리벨의 이야기를 듣자니 뒤에서는 고용인들이 아슈레이가 위엄이 없는 공주라며 깔보고 있다고 한다.

고용인들이 그런 식으로 생각하고 있는 것으로는 보이지 않았다. 하지만 마리벨이 거짓말을 하고 있어도 별수 없는 일이다.

어쩌면 자신이 중요한 무도회에서 언제나 다리가 뒤엉켜 유리를 깨거나 넘어져 모두를 창피하게 만들었기 때문에 고용인들이 질려 버렸는지도 모른다……. 아슈레이는 그렇게 생각했다. 하지만 노력을 하면 분명 언젠가 모두와 마음에서부터 사이좋게 지낼 수 있다고 믿고 싶다.

아슈레이는 그렇게 노래를 흥얼거리면서 어두운 기분을 떨쳐 냈다.

그녀는 맑은 공기에 이끌려 편안한 마음으로 노랫소리를 높였다. 그러자 조용했던 호수의 수면에 물고기가 튀어 오르고, 숲에서도 그녀의 노랫소리에 답하는 것처럼 작은 새들이 지저귀는 것이 들렸다.

"……."

마치 숲의 생물들과 합창이라도 하고 있는 것 같다.

얼굴을 들자, 멀리 만년설이 쌓인 산들이 나란히 줄지어 있는 것이 보였다. 들이쉬는 공기는 선명하고 차가웠지만 오늘은 햇빛이 매우 따뜻하다.

이 첼시레인 영세중립국은 두 개의 대국 사이에 끼어 있는 산악지대의 중앙에 위치한 길고 가느다란 지형의 나라였다. 국민의 대다수는 주로 나농업을 하며 생계를 꾸려나가는 이가 많고, 소박하고 온화한 국가라는 말을 듣고 있다.

하지만 평화를 지키는 데에는 어느 정도 희생이 필요하다. 영세중립을 유지하기 위해 첼시레인이 지불해야 하는 희생은 왕녀들에 의한 정략결혼이었다. 왕족의 딸들은 마치 나라의 존속을 원하는 것처럼 용모가 아름다운 이들이 많았으며, 왕자들을 한눈에 포로로 만든다는 말을 듣고 있다.

그 때문에 양옆의 대국, 마셜로트 제국과 윈스터레이크 왕국의 왕자들이 첫눈에 반한 왕녀는 본인의 의지와는 관계없이 각국으로 시집을 가는 것이 관례였다.

그 대국 중 하나, 윈스터레이크 왕국의 제1왕자인 딕 밸런타인이 직접 마리벨을 만나러 온 것이 바로 어제의 일이었다.

딕 왕자는 흘러내리는 폭포와 같은 은색의 장발과 푸르고 맑은 정밀한 눈동자를 하고 있는 청년이다. 가느다란 선의 미모와 기품 있는 언행으로 온화한 성품을 지니고 있다.

누구나가 인정하는 세련된 인물이다.

"당신이 마리벨인가요. 소문보다 더 아름다우시군요. 또한 신하나 국민들에게도 사랑을 받고 있다는 것은 매우 멋집니다. 만나 뵙게 되어서 영광입니다. ……부디 저의 신부가 되어 윈스터레이크 왕국을 함께 떠받치지 않으시겠습니까?"

딕 왕자가 그렇게 말하며 마리벨에게 구혼하자 왕성 안은 환희에 휩싸였다.

그리고 결혼식을 할 때까지 서로를 알아가기 위해 마리벨과 딕은 성의 도처에서 사이좋게 이야기를 주고받고 있는 것이었다.

"부디 그 아름다운 얼굴을 저에게 제대로 보여 주시지 않겠습니까. ……아아. 이렇게나 가슴이 두근거린 것은 태어나서 처음입니다."

우연히 지나가게 된 중앙 정원에서, 아슈레이는 자신의 첫사랑 상대인 딕 왕자가 마리벨의 손등에 입맞춤을 하며 구애하고 있는 것을 목격했다.

온몸의 피가 식고 눈물이 나오는 것을 필사적으로 참으려 했지만 눈물이 넘쳐흐를 것 같았다. 아슈레이의 시선을 눈치챈 마리벨이 이쪽을 바라보며 의기양양한 미소를 지었다.

"……웃!"

아슈레이는 그 길로 왕성을 뛰쳐나와 이 호수까지 도망

쳐 왔다. 바보 같은 행동이라는 것은 알고 있었지만, 아무래도 왕성에는 있고 싶지 않았기 때문이었다. 하지만 언제까지 아이처럼 토라져 있을 수는 없다. 슬슬 돌아가지 않으면 안 된다.

갑자기 사라진 아슈레이를 왕성의 모든 이들이 걱정하며 찾고 있을지도 모르기 때문이다.

"이제 그만, 딕님에 대해서 포기하지 않으면……."

노래하는 것을 멈추고 아슈레이는 쉰 목소리로 그렇게 중얼거렸다. 하지만 아까 전의 광경이 머릿속에 떠올라서는 어떻게 해도 뇌리에서 떨어지지 않았다.

아슈레이가 눈초리에 고인 눈물을 손가락으로 닦았을 때—

차가운 철의 감촉이 아슈레이의 가느다란 목덜미에 닿았다.

"무슨……?!"

살짝 고개를 기울였다. 그러자 검신이 긴 롱소드의 예리한 칼끝이 그녀에게 들이대져 있었다. 깜짝 놀라 몸을 굳힌 아슈레이는 노래를 멈추고 숨을 삼켰다.

그리고 남자는 낮게 으르렁거리는 듯한 목소리로 그녀에게 물었다.

"넌 뭐하는 녀석이냐."

아슈레이의 입장에서 보자면 오히려 남자 쪽이 뭐하는 사람인지 묻고 싶을 정도였다.

이런 평화롭고 한가로운 나라에서 위험한 검을 지니고 걸어 다니는 사람은 없다. 있다고 하더라도 옆 나라에서 온 여행객이나 사자 정도이다. 하지만 그들은 검을 가지고 있어도 결코 사람을 향해 들지는 않는다.

"……설마, 세이렌은 아니겠지."

세이렌은 여행자를 노래로 매료시켜 호수나 바다로 억지로 끌어들인다고 하는 전설 속의 생물이다. 상반신은 여성이며 하반신은 물고기 같은 꼬리가 있는 듯하다.

사람을 매료시킬 정도의 아름다운 노랫소리가 아슈레이에게 있었다면 이런 아무도 없는 호수에서 혼자서 쓸쓸하게 연습을 하고 있을 리는 없다……. 그렇게 반론하고 싶었지만, 서투르게 말하면 칼에 베일지도 모른다고 생각해 꾹 참았다.

"……아니에요."

아슈레이는 검에서 얼굴을 떼어내고 어깨를 움츠렸다. 그리고 사람인 것을 증명하기 위해 호수 안에 넣고 있던 맨발을 남자에게 보였다.

"자, 봐요. 저는 이렇게 제대로 다리도 있어요."

물보라를 일으키며 드러난 아슈레이의 새하얀 다리를 바라보며 남자는 경악한 모습으로 눈을 떴다.

"음란한 행동은 그만하시지! 숙녀가 남자의 앞에서 맨다리를 보이는 것은 언어도단이다!"

남자의 얼굴을 가만히 바라보았다. 그러자 생각했던 것

보다 훨씬 어리다는 것을 알 수 있었다.

나이는 스물 셋에서 넷 정도일까. 부스스하게 흐트러진 칠흑의 머리칼에 초록색의 아름다운 눈동자다. 콧날은 높고 정한하며, 단단한 입술을 하고 있었다.

무거워 보이는 검을 가볍게 들고 있는 것을 보자면 쐐나 단련된 체구를 갖고 있는 듯하다. 선이 가느다랗고 온화한 딕 왕자와는 크게 다르다.

"앗?! 아, 저기……. 죄송합니다?"

발끝의 어디가 음란하다는 건지, 맨발로 자주 들판을 거니는 아슈레이에게는 전혀 이해가 가지 않았다. 하지만 청년의 패기 앞에 동요한 나머지 반사적으로 사과하고 말았다.

그러자 청년은 위엄 있는 표정으로 헛기침을 하고는 아슈레이에게 말했다.

"……뭐 됐다. 아무래도 인간인 것은 틀림없는 것 같군."

그는 그렇게 말하며 검을 칼집에 넣고 가만히 아슈레이를 내려다보았다. 뭔가 싫은 예감이 든다. 이 자리를 빨리 떠나는 편이 좋을 것 같다.

"저기, 당신. 이 부근의 지리에 밝은 것 같은데."

"그 정도는 아니지만……."

아슈레이는 발이 젖은 채로 황급히 신발을 신고 뒷걸음질 쳤다.

지리에 밝을 것도 없이, 이 부근에는 산과 호수 그리고 첼시레인의 왕성밖에 없는 것이다. 태어나고 자란 장소를 모르는 이는 없을 것이다.

"그렇다면 나를 안내하거라."

"넷?! 저기……."

청년은 일방적으로 단언했다. 그러고 나서 그는 아슈레이의 의향을 묻지도 않고 그녀를 어깨에 짊어지고는 데리고 갔다.

제1장
끌려간 신부

"싫어엇! 부탁이에요, 내려줘⋯⋯."

청년의 어깨에 걸쳐져 강제로 옮겨지고 있는 와중에도 아슈레이는 필사적으로 발버둥을 치며 있는 힘껏 소리쳤다.

"얌전히 있어."

그녀를 갑자기 납치한 흑발의 청년은 위협적인 목소리로 그렇게 말하고는 야생의 짐승처럼 무서운 시선으로 그녀를 바라보았다. 그 무시무시한 박력에 아슈레이는 숨을 삼켰다. 이 정도로 난폭한 남자를 만난 것은 태어나서 처음 있는 일이었다. 하지만 납치를 당한 상태에서 얌전히 있는 것은 불가능하다.

"누구 없어요!"

청년의 머리를 딱딱 때리며 아슈레이는 다시 한 번 소리를 질렀다.

"내려줘! 이 납치범아!"

청년은 버둥거리는 아슈레이를 짊어진 채로 호수를 떠나갔다. 그리고 가로수 길로 나온 그는 나무에 묶어두었던 말에 그녀를 태웠다.

"얌전히 있어. 길을 묻고 싶을 뿐이라고 했잖아."

길을 물어볼 뿐인데 말에 태울 필요가 있을 리 없다.

"거짓말쟁이! 길 같은 거 몰라요. 나를 말에서 내려줘요."

아슈레이가 반쯤 울먹이며 필사적으로 호소하자 청년은 깊게 한숨을 쉬었다. 그리고는 아무 말 없이 자신도 말에 올라타더니, 화려한 솜씨로 말을 다루며 왕성과는 전혀 다른 방향으로 달리기 시작했다.

"싫어……! 아버님. 어머님……."

청년은 어떻게 생각해도 첼시레인의 사람이 아니다. 이대로 이국으로 끌려가서 부모님이나 마리벨과는 만나지 못하게 되는 걸까.

흑흑 흐느껴 울며 떨고 있자 뒤에서 목소리가 들려왔다.

"울지 마. 지금 당장 덮치거나 하지는 않을 테니까."

그런 말을 들은들 안심할 수 있을 리가 없다. 그의 말은 지금 당장은 아니지만 나중에 무언가를 한다는 의미로밖에는 들리지 않았다.

"짐승, 여자의 적, 부끄러운 줄 알아!"

아슈레이는 떠오르는 대로 그를 매도했지만, 사람을 비난해 본 적이 없는 탓에 곧 던질 말이 없어졌다.

두 사람이 침묵하는 동안에도 말은 계속 달렸고, 아슈레이는 이윽고 애원하기 시작했다.

"……미안해요. ……화나게 했다면 제대로 사과할 테니까, 이제 집에 돌려보내 줘요……."

그러나 그에게서 대답은 없었다. 그렇게 침묵이 계속되더니, 문득 청년이 중얼거렸다.

"순산형이로군. 이렇다면 몇 명이라도 낳을 수 있겠어."

아슈레이의 골반의 형태가 어떻건 남자와는 관계없는 이야기이다. 하지만 그 말은 아슈레이를 억지로 임신시킬 생각이라는 말로 들렸다.

"헉!"

오싹 하고 피가 식으며 아슈레이의 목소리가 굳어졌다.

그리고 이윽고 그녀가 참을 수 없어져 눈물을 흘렸을 때—

부근을 전망할 수 있는 살짝 높은 언덕에 대국 마셜로트 제국의 군대의 깃발이 걸린 일단이 쉬고 있는 것을 눈치챘다.

"저건……."

대국에서 사자가 찾아오는 것은 그다지 없는 일이다. 대체 무슨 일인 건지 아슈레이는 멍해졌다.

청년은 그런 그녀는 신경도 쓰지 않고, 주저하는 기색도 없이 말을 언덕 방향으로 향했다. 그리고 병사들이 에워싼 무리의 중심에 도착하자 말의 걸음을 늦추었다.

"전하가 돌아오셨다."

병사의 한 명이 목소리를 높이자 쉬고 있던 일단이 모두 일어서서 청년을 향해 경례했다.

—혹시 아슈레이를 납치한 이 청년은 대국인 마셜로트 제국의 왕자인 걸까?

아슈레이는 놀라서 기가 막혀 빨간 입술을 벌린 채로 상황을 지켜볼 수밖에 없었다.

"혼자서 먼저 가시지 말아 주십시오."

"그렇습니다, 전하께 무슨 일이 생긴다면 어떻게 하실 생각이십니까?"

제각각 호소하는 병사들에게 얼굴을 돌리지도 않고 청년은 앞으로 나아갔다.

믿고 싶지 않았지만, 이 무리를 보고 있노라니 그것은 틀림없는 사실인 듯했다. 그리고 그는 다갈색 머리의 붙임성 있는 웃음을 띠고 있는 청년 앞에서 말을 멈추었다.

"드디어 돌아왔네. 이대로 혼자서 첼시레인의 산봉우리에서라도 정착하려는 생각인가 했다고. 아무리 빠르게 달리고 싶어졌다고 해도, 왕자라는 사람이 함부로 먼저 가지 말아주었으면 하는데 말이지."

다갈색 머리의 청년이 익살맞은 말투로 말하자 아슈레이의 뒤에서 낮은 목소리가 울렸다.

"할 수 없잖아. 저런 속도로 지루하게 말을 탈 수 있겠어. 아, 그렇지. 생각한 대로 그 길을 똑바로 가면 앞에 첼시레인의 왕성이 있는 듯하더군."

아무렇지도 않게 언급한 그 말에 아슈레이는 눈을 동그랗게 떴다.

길을 알고 있었다면 그녀를 납치할 이유는 없었을 터였다.

"어라? 그 사람은?"

당황하는 아슈레이를 올려다보고 다갈색 머리의 남자가 고개를 기울였다.

"주웠어. ……이제 첼시레인에는 용건이 없어, 제레미. 한시라도 빨리 국내로 돌아가겠어."

아슈레이는 주워진 것이 아니다. 납치를 당한 것이다.

그렇게 답변하고 싶었지만, 대국의 왕자를 상대로 거역할 수는 없는 노릇이었다.

"여기까지 와서 첼시레인의 왕에게 얼굴도 보이지 않고 돌아가는 것은 외교 문제로 발전한다고. 일단 얌전히 왕성에 가. ……결혼 신청을 하러 온 상대에게 다른 나라의 왕자가 먼저 구혼을 해버렸으니 돌아가고 싶은 마음도 이해는 가지만."

호들갑스럽게 팔을 펼치며, 제레미라고 불린 다갈색 머

리의 청년이 말했다.

아무래도 마셜로트 제국의 왕자라고 생각되는 흑발 청년은 마리벨에게 결혼 신청을 하러 온 것 같았다.

마리벨은 소문이 자자한 유명한 공주이기 때문에 윈스터레이크 왕국뿐만 아니라 마셜로트 제국의 왕자가 신랑감으로 입후보하는 것도 당연한 일일 것이다.

"……저는 이제 놓아주세요. ……부탁이니까요."

움찔움찔 떨면서 아슈레이가 두 사람에게 말했다.

"윌. 이 아이를 어쩔 생각이지?"

마셜로트 제국의 왕자로 윌이라고 불린다면 윌프레드 제1왕자일 것이다. 정의감이 강하고 용감하다고 하면 듣기에는 좋지만, 성품이 격렬하며 사나워서 매우 난폭한 인물이라는 이야기를 아슈레이는 들은 적이 있었다.

백수의 왕이라고 불리는 사자를 베어 죽이고, 천 명의 병사를 모아서 덤벼도 홀로 대항하는 그를 쓰러트릴 수 없었다는 무서운 소문까지 있는 것이다. 제대로 이야기가 통할 것이라고는 생각하지 않았다.

"할 수 없으니 이 녀석을 데리고 가겠어."

그가 무뚝뚝하게 그렇게 말하자 아슈레이는 머릿속이 새하얘졌다.

"……넷?!"

마리벨에게 결혼을 요청하지 못했다고 해서 적당한 여자를 주워서 돌아간다니, 적당한 것에도 정도가 있는 것이다.

있을 수 없는 일을 아무렇지도 않게 입에 담는 윌프레드를 아슈레이는 경악스러운 눈빛으로 바라보았다.

"혹시 그 아이가 귀여우니까 기성사실로 만들기라도 한 거야? 책임을 지려는 자세는 훌륭하지만……. 그 바느질이 잘 된 드레스를 보건대, 이 나라의 귀족 영애 혹은 높으신 분의 딸이라고 생각된다고."

윌프레드는 의아한 듯이 눈썹을 모으고 아슈레이를 바라보았다. 그런 눈빛으로 보지 않았으면 했다. 자신에게 왕녀의 위엄 따위 없다는 것은 잘 알고 있다.

처음 본 상대에게서까지 상처에 소금을 뿌리는 일을 당하고 싶지는 않았다.

"이 녀석이? ……당신, 설마 왕녀는 아니겠지."

설마라는 의미일까. 그렇게까지 의심을 받을 정도로 위엄이 없다는 의미인 것일까. 그녀는 슬퍼지면서도 작은 목소리로 대답했다.

"이래봬도 첼시레인의 제2왕녀 아슈레이 로우드라구요……. 마셜로트 제국의 왕자님을 뵙게 되어 영광입니다."

이 이상 없을 정도로 풀이 죽은 기분으로 이름을 말하고 인사를 건넸다. 이런 끔찍한 꼴을 당한 것은 태어나서 처음 있는 일이었다.

"그렇다면 너는 내가 이곳에 도달하기 전 윈스터레이크 왕국의 제1왕자와 약혼했다고 하는 왕녀인가."

윌프레드는 달려들 듯한 기세로 아슈레이에게 질문을 했다.

기껏 마셜로트 제국의 왕자가 직접 구혼을 하러 왔는데, 대립하고 있는 윈스터레이크 왕국의 왕자에게 선두를 빼앗긴 것이 어지간히 분한 듯했다.

"……저는 누구와도 약혼한 적이 없어요. 그건 언니인 마리벨의 이야기에요."

소문이 자자한 아름다운 공주가 이런 궁상스러운 여자아이일 리가 없다. 그렇게 말하고 싶었지만, 첼시레인의 공주는 나라의 영세중립을 유지하기 위해 대국의 왕자들에게 복종하지 않으면 안 된다. 아무리 상처를 받아도 대꾸를 할 수 있을 리가 없었다.

"거봐, 역시나. 아슈레이 공주님은 호위도 붙이지 않고 나왔다가 윌에게 잡힌 건가요?"

아슈레이가 고개를 끄덕이자 제레미는 쓴웃음을 지으며 손을 내밀었다.

"여기는 우리와 달리 매우 안전한 나라이니까, 이런 녀석이 있을 거라고는 생각지도 못했겠죠? 강제로 끌고 와서 미안해요. ……저는 제레미 다프넬. 크레이즈 백작입니다. 이 마음먹는 대로 행동해 대는 바보 왕자의 소꿉친구이자 그의 감시역으로 임명받았습니다. 일단은 측근이라는 거죠."

내밀어진 손을 마주 잡으려고 하자 옆에서 방해가 들어

왔다. 대신 아슈레이의 손을 잡은 것은 윌프레드였다.

"남의 것에 손대지 마. 제레미. 이건 내가 데리고 돌아간다고 말했지."

갑자기 물건 취급을 당해 아슈레이는 당황했다. 자신은 언제 윌프레드의 것이 된 걸까?

역시 그는 마셜로트 제국의 체면을 지키기 위해 첼시레인의 사람을 적당히 데리고 돌아갈 생각이었던 것이다. 마침 형편 좋게도 그 상대가 딱 왕녀라는 것뿐이다.

두 개의 대국도 이 나라에서도, 왕가의 남자는 몇 명이라도 신부를 맞아들이는 것이 허용된다. 윌프레드는 마리벨을 부인으로 삼고 싶었겠지만, 그것이 실패한 지금은 체면을 지킬 수 있다면 상대는 아무라도 상관없을 것이다. 그리고 아슈레이는 거부권이 없다.

"그녀를 데리고 돌아간다고 해도, 적어도 한마디 정도는 이 나라의 왕에게 인사를 해두지 않으면 안 돼."

충고하는 제레미에게 윌프레드는 울컥한 표정을 지었다.

"귀찮군."

그가 나직이 중얼거렸다. 아무래도 그에게 있어서 급한 대로 하는 결혼 따위는 아무래도 상관없는 듯했다.

"그런 말을 하면 그녀에게 점점 미움을 받을 텐데."

제레미는 마음을 써주듯이 아슈레이에게 눈을 돌리고 작게 탄식했다. 그러자 윌프레드도 의아한 듯이 아슈레이를 바라보았다.

"……그런 일로 너는 내가 미운 건가?"

미워하고 뭐고, 아슈레이는 윌프레드에게 호감 따위는 한 조각도 가지고 있지 않았다. 이 이상 싫을 수가 없다. 하지만 대국의 왕자를 상대로 사실을 전할 수도 없다. 고개를 끄덕이는 것도, 옆으로 짓는 것도 하지 못한 채 아슈레이는 경직해 버렸다.

"저기…… 저는……."

"거봐, 거기다 여자아이를 상대로 '너' 라니. 달리 부를 말이 있을 텐데."

끈기 있게 계속 타이르는 제레미의 이야기를 들은 것인지 윌프레드는 아슈레이에게 물었다.

"……이름은 뭐라고 했지?"

바로 방금 전에 이름을 말했음에도 그는 기억하고 있지 않은 듯했다. 이름을 말했을 때는 달려들 듯한 기세로 물었었는데, 약혼자가 있는 것인지 사실을 확인하는 것에 그 정도로 정신을 빼앗겼던 것일까?

"저는…… 아까……."

"빨리 말해."

다시 물어보고 있는 것뿐인데도 협박을 받고 있는 것 같은 기백이었다.

"아슈레이……."

주저하며 대답하자 윌프레드는 작게 고개를 끄덕였다.

"좋은 이름이다. ……그럼 아슈레이. 너를 내 부인으로 삼겠다. 이의는 받아들이지 않겠어. 나에게는 형제가 없기 때문에 하루빨리 자손을 남겨야만 해. 매일 세 번은 잠자리를 갖는 것을 의무로 하겠어. 월경이 왔을 때에는 면제해 주지. 다른 것은 맘대로 해. 가능한 한 이루어주겠다."

무표정인 채로 그렇게 말하는 윌프레드의 앞에서 아슈레이는 멍해졌다.

"……."

윌프레드 역시 그녀를 내려다본 채 한마디도 하지 않았다.

어색한 침묵이 계속 되었다.

"……설마, 그렇게 프러포즈를 할 셈이야?"

하지만 그 침묵을 먼저 깨부순 것은 제레미의 한마디였다.

"달리 무슨 의미가 있는 거지."

아무래도 아까 전 윌프레드의 방약무인한 선언은 프러포즈였던 것 같다.

"노예계약인가 하고 생각했다고! 그거 절대로 다시 하는 게 좋을걸."

아슈레이 자신도 강제 노동을 부여받은 노예와 같은 기분으로 이야기를 듣고 있었다. 반발할 틈을 주지 않은 것은 명령하는 것에 익숙해진 그의 위엄 탓이었을 것이다.

"그럼, 뭐라고 말해줬으면 하지. 희망하는 것을 말해봐.

선처해 주지."

"……돼, 됐어요."

선처해 주겠다고 해도 희망하는 것 따위는 없었다. 끌려가는 것은 결정되어 있는 것이다. 거기에 아슈레이의 의지를 끼워 넣을 틈은 없다. 그것이 첼시레인의 왕녀에게 부과되어 있는 의무이기에.

"방금 전의 서약으로 이 녀석도 승낙한 것 같은데."

어깨를 움츠리며 윌프레드가 말했다.

"어이가 없는 것뿐이라고. 정말로 윌과 있으면 질리지 않아서 좋지만, 실질적으로 손해를 입는 사람은 불쌍해서 어쩔 수가 없네……. 미안해요. 되도록 도와주겠지만, 이런 녀석이니까 익숙해지는 편이 더 빠를 거라고 생각해요."

제레미는 그렇게 말하고 대신 사과했다. 아무래도 그는 언제나 이렇게 조야한 윌프레드의 엉뚱한 행동의 뒤처리를 하고 있는 듯했다.

"그럼 교섭도 성립했겠다, 슬슬 가볼까."

떨떠름한 모습으로 윌프레드가 갑자기 중얼거렸다.

"대체 어디로 갈 생각인가요?"

혹시 어딘가로 향할 생각이라면 적어도 잠시만이라도 아버지에게 인사를 할 시간이 필요하다. 그렇게 생각하고 아슈레이가 부탁을 하려고 한 순간.

"왕성이다. 첼시레인의 왕에게 인사를 마치고, 오늘 밤의 숙박을 부탁한 다음 내일 출발하겠어. 그럼 불만은 없겠지."

이 이상 없을 정도로 귀찮은 듯이, 윌프레드는 그렇게 말할 뿐이었다.

*   *   *

제2왕녀인 아슈레이의 갑작스러운 결혼 이야기에 왕성은 놀라움에 휩싸였다.

그것도 상대는 왕이 되는 것이 약속되어 있는 마셜로트 제국의 왕자, 윌프레드다.

윌프레드는 도적 같았던 모습의 경장을 갈아입고 아슈레이의 아버지인 왕에게 결혼 신청을 했다. 갑작스러운 요청에도 불구하고 부왕은 쾌히 승낙한 듯하다.

그리고 아무래도 정말로 내일은 이곳을 떠날 셈인 것 같았다. 그를 위해 급속하게 왕성의 큰 방에서 환영회와 결혼의 피로연을 겸한 무도회가 열렸다.

첼시레인의 귀족들뿐만 아니라 윈스터레이크 왕국과 마셜로트 제국의 왕자를 포함한 측근들까지 참가를 허락받은 성대한 무도회였다.

눈을 동그랗게 뜰 정도로 호화로운 요리며 아름다운 색채의 과자가 테이블에 늘어져 있고, 악단의 손에 의해 화려한 음악이 연주되었다.

이 정도로 성대한 무도회는 아슈레이가 아는 한 부왕의

50번째 생일과 대관 30년을 겸한 식전 이래 처음이었다. 그 정도로 기뻐해야 할 일이었다.

첼시레인의 평화가 이것으로 다시 지켜진 것이기 때문에 당연한 것인지도 모른다.

아름답게 치장을 한 사람들의 웅성거림 속에서 아슈레이는 남편이 될 윌프레드에게서 멀리 떨어진 벽 쪽에 서 있었다.

강건한 모습의 윌프레드는 농촌이 많은 첼시레인의 사람에게 있어서는 신선하고 흥미로운 듯했다. 불손한 남자인데도, 지금도 많은 귀족들에게 둘러싸여 있다.

처음 만났을 때는 부스스한 머리를 하고 새카만 경장을 걸치고 있었기 때문인지, 자칫하면 도둑이라고 오해할 법한 모습을 하고 있었다. 그런데 금이나 은으로 된 실로 짜여 만들어진 견장이나 장식이 있는 군복 같은 복장을 하고 있는 지금은 압도적인 존재감과 다른 사람을 물러서게 하는 기품을 자아내고 있었다.

마치 다른 사람으로밖에 보이지 않는다.

저 왕자의 신부가 되는 것이다. 그렇게 생각하자 아슈레이는 주눅이 들고 말았다.

한숨을 쉬면서 살짝 테라스로 나갔을 때.

노발대발한 듯한 모습의 마리벨이 아슈레이의 뒤를 좇아 모습을 드러냈다.

"아슈레이, 대체 어쩔 셈이야."

마리벨은 풍만한 가슴을 강조하는 듯한 심홍색 드레스에 검은 보빈 레이스(보빈에 감은 네 가닥의 실을 비틀거나, 교차시키거나, 얽어 만드는 레이스) 장갑을 낀 모습이었다. 언제나처럼 고혹적인 그녀에게 홀 안의 남성의 시선이 못이 박혀 있는 것인지 힐끗힐끗 이쪽을 바라보는 사람들의 모습이 보였다.

"무슨 말이야?"

아슈레이는 언니 마리벨이 화를 내고 있는 이유를 전혀 알 수 없었다.

"설마, 내일 대성당에서 어설픈 노래를 자랑할 생각은 아니겠지?"

그 일은 될 수 있으면 생각하려 하지 않고 있었다. 하지만 아무리 싫다고 해도 결혼해서 왕성을 떠나게 된 왕녀는 반드시 통과하지 않으면 안 되는 의식이다.

피하는 것은 불가능하다.

"……언니도 알고 있잖아? 아무리 노래를 잘 부르지 못하더라도 도망치는 것은 용서받지 못해."

그러나 마리벨은 차갑게 말했다.

"아버님께 말씀드려서 사퇴해. 여동생이 볼썽사나운 모습을 보인다면 내 결혼식에까지 지장이 있을 거 아니야."

아무래도 마리벨은 여동생인 아슈레이가 모두의 앞에서 어설픈 노래를 하는 것이 자신에게까지 불똥이 튀는 수치라고 생각해 화를 내고 있는 듯했다. 하지만 내일 출발하기로 정한 것은 아슈레이를 아내로 맞아들이기로 결정한 마셜로트 제국의 왕자 월프레드였다.

마리벨이 화를 낸다고 해도 아슈레이에게는 어쩔 도리가 없었다.

"미안하지만 서투른 노래라도 진심을 담아서 노래하면 분명 마음만은 알아줄 거라고 생각해. 그러니까 잠깐 동안 참아줬으면 하는데."

그렇게 말하며 아슈레이가 타이르려고 하자 무서운 형상으로 마리벨이 노려보았다.

"참는 것 따위 할 수 없어. 목을 태워서라도 사퇴하라고! 알겠지."

아슈레이는 마리벨이 어째서 그렇게 화를 내는지 알 수 없었다.

분명 여동생인 자신이 볼썽사나운 모습을 보이는 것은 부끄러운 일일지도 모른다. 하지만 마음씨 고운 딕 왕자가 그런 일로 결혼을 파기할 사람이 아니라는 것은 약혼자가 아닌 아슈레이라도 알 수 있는 일이었다.

"……그런……."

딕 왕자와 결혼하는 것만으로도 마리벨은 충분히 행복할 터인데, 사랑이 깨진 아슈레이에게 재차 타격을 주는 것처럼 탓하는 것은 그만두었으면 했다.

노력이 부족했던 것일까. 그렇지 않으면 왕녀로서의 입장을 무시하고 너무나도 오해를 살 만한 행동만을 했기 때문일까.

아무리 생각해도 알 수 없었다. 아슈레이는 모든 것에 열심히, 이상에 가까이 다가가기 위해 걷는 것만으로도 정신이 없었기 때문이다.

누구에게도 말 할 수 없는 마음을 가슴 깊은 곳에 삼키자 눈물이 흘러넘칠 것 같아졌다. 그것을 참기 위해 얼굴을 들고 아름다운 달밤을 보고 있자 갑자기 누군가가 말을 걸었다.

"무슨 일 있으신가요. 마이 리틀 레이디."

아슈레이에게 그런 말투를 쓰는 것은 한 명밖에 없다. 윈스터레이크 왕국의 제1왕자 딕뿐이다.

눈을 동그랗게 뜨고 뒤를 돌아보자 투명한 호수 같은 푸른 눈동자가 아슈레이를 바라보고 있었다.

"아……."

아슈레이가 올려다보고 있던 얼굴을 아래로 돌린 탓에 눈꼬리에 맺혀 있던 눈물이 한줄기 흘러 내렸다.

"눈물이……."

당황한 모습의 딕은 위쪽 호주머니에 꽂혀 있던 새하얀 장식 손수건을 아슈레이에게 내밀었다.

하지만 아슈레이는 가볍게 고개를 흔들며 그것을 거부했다. 그의 물건을 더럽히고 싶지 않았기 때문이다. 그러나 딕은 아슈레이의 얼굴을 들여다보고는 스스로 그 눈물방울을 손수건으로 닦아주었다.

가까이 다가온 딕의 수려한 미모에 아슈레이는 볼을 붉게 물들였다.

"투명한 눈물을 보니 마음이 아프네요. 혹시 리틀 레이디는 마셜로트 제국의 왕자와의 결혼을 바란 게 아닌 건가요?"

아슈레이는 덜컥 몸이 굳었다.

누구에게도 알리지 말고 결혼하자고 생각하고 있었는데, 어째서 하필이면 짝사랑 상대인 딕이 눈치를 챘단 말인가.

이렇게 이야기를 하고 있는 것만으로도 가슴이 크게 울리는 것이 멈추지 않는다.

총명한 딕에게 마음을 들키는 것은 시간문제였다. 그것만은 결코 용서받지 못할 일이다.

"……아, 아니에요……. 아버지의 곁을 떠나는 것이 처음이기에 어쩐지 마음이 놓이지 않는 것뿐입니다."

아슈레이는 그렇게 변명을 하고 무리하게 웃어 보였다. 이것은 거짓이 아니었다. 대국인 마셜로트 제국은 군사뿐만이 아니라 상업이나 기계까지 발달한 나라다.

그런 전혀 알지 못하는 나라에 단신으로 향하는 것은 매우 무서웠다.

"불쌍하게도. ……분명 마셜로트 제국의 수도는 이곳에서 꽤 멀죠. ……저희 윈스터레이크 왕국에 그대를 데려올 수 있었다면 좋았겠지만……."

딕은 문득 한숨을 쉬었다. 자매가 같은 왕자의 곁으로 시집을 가는 것은 전례가 없는 이야기다.

그에게 응석을 부리는 일 같은 것은 할 수 없다.

"마음을 써주셔서 감사합니다. ……저는 괜찮으니, 딕님은 부디 마리벨과 행복하게……."

아슈레이가 축복을 전할 때였다. 갑자기 뒤에서 힘이 센 팔이 둘러왔다.

"……앗."

늠름한 가슴에 꽉 안기게 되어 아슈레이는 엉겁결에 소리를 질렀다.

그녀를 향해 서 있던 딕 역시 눈을 동그랗게 떴다.

"아슈레이, 너는 내 신부다. 어째서 다른 남자와 이야기를 하고 있는 거지."

언짢은 듯한 목소리의 주인은 윌프레드였다. 그러자 딕이 지금까지 본 적 없을 정도로 차가운 눈빛을 윌프레드에게 향했다.

"아슈레이 공주는 갑자기 떠나게 되어 부왕과 떨어지게 되는 것을 슬퍼하고 있습니다. 조금쯤은 신경을 써주시는 게 어떨까요."

"넌 쓸쓸한 건가?"

윌프레드는 아슈레이의 몸을 방향을 바꾸어 자신 쪽으로 돌리더니 곤혹스러운 모습으로 그녀를 바라보았다.

탐색하는 듯한 눈빛이었다. 나뭇잎 사이로 비쳐드는 햇

빛에 비치는 잎사귀처럼 아름다운 눈동자를 보고 있자 무엇도 거짓을 말할 수 없을 것 같은 기분이 들었다.

"네, 네에……."

그녀가 작게 고개를 끄덕이자 윌프레드는 잠시 생각에 잠긴 후 커다란 손바닥으로 아름답게 땋아 올린 그녀의 머리를 쓰다듬었다.

생각지도 않은 윌프레드의 행동에 아슈레이는 눈을 동그랗게 떴다.

"뭘 하고 있는 건가요, 윌프레드 왕자."

의아스러운 듯이 딕이 물었다.

"위로해 주고 있어. ……이렇게 하면 내 여동생은 기뻐하곤 했지."

분명 윌프레드의 손은 따뜻해서 기분이 좋다. 하지만 그의 여동생과 똑같은 취급을 받는 것에는 기분이 복잡했다.

"기가 막히는 남자로군요. 좋아요. 예의가 없는 그대에게 알려 드리죠. 숙녀에게 해서는 안 될 일이 세 가지가 있습니다. 하나는 어머니와 비교하는 것, 두 번째는 누나나 여동생과 비교하는 것, 그리고 세 번째는 남자와 같은 취급을 하는 것입니다."

"그 세 가지를 어째서 하면 안 되는 거지."

윌프레드는 딕의 말이 전혀 이해가 가지 않는 듯이 고개를 기울였다.

"연애 대상이 아니라고 말하고 있는 것과 똑같기 때문입니다. 그런 것도 이해하지 못하는 당신과 결혼하지 않으면 안 된다니, 저는 아슈레이 공주의 향후가 걱정이 되는군요."

그 말은 교묘하게 요점을 찌르고 있다고 생각했다.

윌프레드는 자존심을 지키기 위해서 아슈레이를 데려가려고 하고 있는 것뿐으로, 그녀 자신을 마음에 들어 한 것이 아니기 때문이다. 연애 대상이 아니라는 것은 틀림이 없다.

"……."

고개를 숙인 아슈레이를 윌프레드는 무표정하게 내려다보았다.

딕은 커다랗게 양팔을 벌리고 윌프레드에게 선언했다.

"윌프레드 왕자. 이런 성급한 행동은 멈추고 좀 더 시기를 보는 것은 어떻겠습니까."

"무슨 의미지."

"결혼을 연기하는 쪽이 어떨까 하는 이야기입니다. 여성의 마음에는 시기라는 게 필요한 법입니다. 꽃봉오리가 벌어지는 것처럼 상대에게 마음을 여는 시기라는 것이 말이죠. ……당신은 아슈레이 공주에게 저보다도 더 경계를 받고 있는 것으로밖에 보이지 않는데 말이죠."

마치 그녀의 생각을 꿰뚫어 본 것 같은 말이었다. 아슈레이는 고개를 숙인 채로 볼을 붉게 물들였다.

"……윽."

이 자리에 있는 것이 부끄러워서 아슈레이가 발걸음을 돌리려고 한 순간 마리벨이 다시금 테라스에 모습을 나타냈다.

"즐거워 보이네요. 모두들, 대체 무슨 이야기를 하고 계셨나요. ……괜찮다면 저도 끼워주시지 않겠어요?"

싱긋 웃음 짓는 마리벨이 자신에게 언뜻 보낸 시선에서 가시 같은 것을 느끼고 아슈레이는 몸을 경직시켰다. 하지만 자국의…… 아니, 자매의 문제다. 왕자들에게 그것을 눈치채게 할 수는 없었다.

"아아, 아름다운 사람이여. 다정한 당신이라면 아슈레이의 마음을 치유해 줄 수 있지 않을까요."

딕이 사랑스러운 듯이 마리벨의 손을 잡고 레이스 장갑을 낀 그녀의 손등에 입맞춤을 했다. 찌릿찌릿 하고 가슴이 아팠지만 표정에 드러낼 수는 없었다.

"아니에요, ……저는 신경 쓰지 마시고 모두들 부디 무도회를 즐겨주세요. ……저는 잠시 지친 것 같아요. 방으로 돌아가겠어요."

현명하게 평화를 가장한 아슈레이는 그렇게 말한 후 드레스의 자락을 들고 정중하게 인사를 하고 나서 그 자리를 떠나려고 했다. 하지만 자못 당연하다는 듯이 윌프레드가 그녀를 따라왔다.

"저기…… 주빈이 떠나서는 안 된다고 생각하는데요."

조심스러운 태도로 그렇게 말해 보았지만 윌프레드는 연

회장으로 돌아가려고 하지 않았다.

"방까지 데려다주지. 취한 녀석들이 성안을 배회하고 있으니. 내 신부에게 무슨 일이 생긴다면 큰일이다."

아슈레이에게 있어서 이런 식으로 남성이 자신을 방까지 데려다주는 것은 처음 있는 일이었다.

옆에서 걷는 윌프레드를 곁눈질로 바라보자 뭔가 부끄러운 기분이 끓어올랐다.

"괜찮을 거라고 생각해요. 아름다운 분들이 저렇게 잔뜩 있는데, 저 같은 건 누구도 덮치지 않을 거예요……."

자조하듯이 웃자 에메랄드 색 눈동자가 가만히 이쪽을 바라보았다.

"취한 남자는 분별력이 없다는 것을 모르는 건가. 만취하면 상대 따위는 알 수 없어진다고."

윌프레드의 말은 젊은 여성이라면 누구나 습격을 받을 가능성이 있다는 의미로밖에는 들리지 않았다.

아슈레이는 그가 데려다준다는 것에 기쁜 마음을 품고 있었지만 그 말을 듣자 바로 슬픔으로 바뀌고 말았다.

두 사람은 입을 다문 채로 걷고 있었지만, 중앙 정원으로 이어지는 회랑에 접어들었을 때 아슈레이가 윌프레드에게 말했다.

"저기, 여기도 사람 따위는 걷고 있지 않아요. 걱정하지 않아도 괜찮아요. 무도회는 이제 막 시작했을 뿐이니까. ……그러니까 이제 괜찮아요. 고마워요, 윌프레드님."

그렇게 말하고 아슈레이가 도망치듯이 뛰쳐나가려 한 순간 월프레드가 강하게 팔을 잡았다.

"······무, 무슨······?"

"조용히 해."

월프레드는 작은 목소리로 그렇게 속삭이고는 그녀의 몸을 안은 후 자신의 허리에 찬 장검의 자루를 손에 쥐었다.

"어수선한 성안이군······. 이걸 보고도 괜찮다고 말할 수 있는 건가."

그러자 얼굴을 감춘 남자들이 갑자기 나타났다.

"······무슨?"

갑자기 일어난 일에 아슈레이는 멍하니 서버렸다. 그러나 월프레드는 겁먹는 일도 없이 검을 빼어 들고 폭한들과 맞섰다.

"아······ 앗."

저쪽은 수가 많은 데 비해 이쪽은 수가 적다. 평소에는 호위의 손에 의해 보호를 받고 있을 터인 월프레드로서는 맞설 수가 없는 것이 아닌가, 그렇게 생각한 아슈레이의 피가 차갑게 식었다.

"누군가! 누군가 와줘요!"

아슈레이가 목소리를 짜내어 경비병들을 부르려고 했다. 그러자 폭한 중 한 명이 혀를 차며 이쪽으로 달려왔다.

하지만 다른 폭한들을 베어 쓰러트린 월프레드가 재빠르게 남자의 명치를 검 자루로 때렸다.

"컥!!"

숨이 막히며 쓰러진 남자를, 윌프레드는 익숙한 손놀림으로 손을 뒤로 묶어 포박했다. 다른 폭한들은 피를 흘리며 꿈틀하고 움직이지도 않았다. 아무래도 숨이 끊어진 듯했다.

마지막 한 명은 주모자를 밝히기 위해 목숨까지는 빼앗지 않은 것인지도 모른다.

"네가 갖고 놀았던 남자가 결혼하도록 놔둘 수는 없다고 날뛰고 있는 건 아닌가?"

그가 나직하게 중얼거린 그 말에 아슈레이는 경악스러운 눈빛을 보냈다.

"가, 가지고 놀다니……. 그런 짓을 할 리가 없잖아요……."

그녀가 울컥하며 대답하자 윌프레드는 미간을 찌푸렸다.

"미안하군……. 농담을 할 생각이었는데."

농담을 해도 될 말과 안 되는 말이 있는 법이다. 그것도 생명이 위험할 뻔했던 상황에서 질이 너무 나쁘다.

그렇게 말다툼을 하고 있는 사이, 경비병들이 두 사람의 곁으로 달려왔다.

"아슈레이님. 무사하십니까!"

그렇게 말하고 납작 엎드리는 경비병들의 얼굴은 살짝 빨갰다. 오늘은 신분이나 지위의 상하를 가리지 않고 마음놓고 즐기는 연회인 것이다. 그들에게도 술이 대접되었던 것 같다.

"……모처럼 축하할 일이 있는 날에 미안하군. 이 녀석을 감옥에 넣어주게나."

아무래도 윌프레드는 두 사람을 습격한 폭한을 자신이 직접 취조할 셈인 듯했다.

"알겠습니다."

폭한이 질질 끌려가듯이 연행되어 가는 것을 바라본 후, 아슈레이는 홀로 그 자리를 떠나려고 했다. 하지만 다시금 윌프레드가 뒤를 쫓아왔다.

"따라오지 말아요."

"그런 일이 일어난 뒤인데 무섭지는 않나?"

"무서운 게 당연하잖아요. ……그래서 빨리 방으로 돌아가고 싶은 거예요."

아슈레이는 터져 나올 것 같은 울음을 참았다.

"너는 내가 평생 지킨다. 무서워할 건 아무것도 없어."

윌프레드는 그렇게 중얼거리고는 아슈레이를 갑자기 꼭 껴안았다. 그리고는 머리 위쪽에 키스까지 했다.

"……이것도 여동생 분께 하는 행동인가요?"

그는 옷을 입으면 조금 야위어 보이는 타입인 듯했다. 그의 가슴에 얼굴을 묻고 있자 단련된 늠름한 가슴의 감촉이 전해져 왔다.

아슈레이가 동요를 숨긴 채 묻자 무연한 목소리가 들려

왔다.

"……아니, 네가 처음이다."

"거짓말."

익숙하지 않다면 갑자기 여성을 껴안는 행동 같은 걸 할 수 있을 리가 없다.

윌프레드는 거북한 듯이 말을 이었다.

"나는 거짓말 따위 하지 않았다. ……너뿐이다."

살짝 그를 올려다보자 그는 눈썹을 찌푸리고 있었으며, 그렇게 생각하고 바라보았기 때문인지 어쩐지 볼을 물들이고 있는 듯한 모습이 보였다.

어쩐지 품속에 있는 아슈레이까지 부끄러워질 것 같다.

"얼굴이 빨갛군."

"……신, 신경 쓰지 마세요!"

윌프레드에게 그쪽의 얼굴이야말로 빨갛게 되어 있어요……. 그렇게 말을 해주고 싶었지만 뭔가 심장의 고동이 빨라져서 잘 말할 수가 없었다.

그렇게 방에 도착하자 윌프레드는 문 앞에서 발걸음을 멈추었다.

"방에 들어가면 엄중하게 문을 잠그고 있어. 나는 아까 전의 남자를 심문하고 주모자를 밝혀내지."

"데려다줘서 고마워요……."

모처럼이니 차라도 한 잔…… 하고 권하려다 아슈레이는 입을 다물었다. 다른 누구도 아닌 윌프레드인 것이다. 결혼

전에 여자가 방에 남자를 불러들이다니…… 하고 잔소리를 할 것이라고 생각했기 때문이었다.

뭔가 아주 잠깐 함께 있었을 뿐인데, 상대가 과묵한 남자임에도 그의 생각을 읽을 수 있을 것 같은 기분이 들었다.

"누군가가 찾아와도 절대로 문을 열어주지 마. 자신이 노려졌다는 것을 자각하고 있으라고."

"……제가요?"

폭한들은 틀림없이 윌프레드를 노렸을 것이라고 생각하고 있던 아슈레이는 깜짝 놀랐다.

"눈치채지 못한 건가? 그놈들은 모두 네 쪽을 향하고 있었어."

그 점을 눈치챘기 때문에 윌프레드는 '남자를 가지고 놀았어나' 따위의 웃지 못할 농담을 한 것 같다.

"……정말로……."

아슈레이를 노려서 무언가 이득을 얻는 사람은 없을 터였다. 게다가 그녀는 내일이 되면 윌프레드와 함께 국외로 나가지 않으면 안 되는 몸인 것이다.

열심히 머리를 굴려 도출한 것은 그저 한 가지 생각뿐이었다.

"……혹시 당신이야말로 여자에게 불성실한 행동을 한 건 아닌가요?"

자신을 노려서 이익을 얻는 사람은 떠오르질 않았다. 그렇기에 윌프레드와 결혼하고 싶어 하는 여성이 있는 것은 아닌가 하고 생각했던 것이다.

아슈레이의 질문에 윌프레드는 한 방 먹은 듯한 표정이
되었다.

"내가? 미안하지만, 결혼 신청을 한 것은 이전에도 이후
에도 너뿐이다. 그리고 이제부터도 달리 할 예정은 없어."

왕가의 남자는 신부를 몇 명이나 들이는 것이 가능하다.
그렇기 때문에 두 개의 대국의 왕가에 첼시레인의 왕녀가
신부로 간다고 해도 근친혼이 되는 경우가 적지 않았다.

"어째서 다른 사람과는 결혼하지 않는 건가요?"

대국의 왕자인 윌프레드가 설마 자신하고만 결혼할 것이
라고는 생각지도 못했던 아슈레이는 깜짝 놀랐다.

"주변에 여자를 두는 것은 시끄러워서 귀찮아. 한 명으
로 충분해. 게다가 혹시 네가 아이를 낳지 못하더라도 나에
게는 종형제가 산처럼 있다. 왕가의 피가 끊길 일은 없어.
뭔가 문제라도 있나?"

자신은 형제가 없기 때문에 빨리 후손을 만들어야 하기
에 매일 세 번은 잠자리를 갖는 것을 의무로 한다고 말했던
것은 농담이었던 걸까? 웃는 얼굴을 보이지 않기 때문인지
그의 사고는 파악하기 어려웠다.

하지만 아슈레이는 귀찮다는 이유만으로 신부를 한 명만
맞이하겠다고 하는 윌프레드를 납득할 수 없었다. 그는 뒤
를 이을 후손을 만들어야 하는 왕자의 의무를 가지고 결혼
을 하려는 것이리라.

무뚝뚝한 얼굴에 떨떠름한 태도로 자신에 대해 말하는 월프레드에게 '사랑해'라는 말을 듣는다고 해도 거짓말이라고밖에 생각되지 않을 것이다. 하지만 지금의 이야기는 틀림없이 본심이라고 생각했다.

그렇다고 하면 지금은 다른 상대와 결혼을 생각하고 있지 않더라도, 장래 누군가 좋아하는 상대가 생긴다면 그 여성을 신부로 맞아들일 것이다.

언젠가 그에게 사랑을 받을 상대가 조금 부러워졌다.

아슈레이는 새장에 갇힌 새처럼 평생을 마셜로트 제국 왕의 아내로서 살아가게 된다.

만일 평생 자신이 월프레드에게 사랑을 받지 못한다고 하더라도, 노력해서 그를 지탱하고 자신이 그를 사랑하도록 하면 될 일일 것이다.

아슈레이가 자조적인 웃음을 띠자 월프레드는 의아한 듯이 물었다.

"이봐. 어째서 조용히 있는 거지."

이렇게 일부러 방까지 데려다주고 홀로 폭한들에게 맞서 도와주었다. 월프레드는 무뚝뚝하지만 다정한 사람인 것이다.

많은 것을 바라는 것은 안 된다. 포기하는 것에는 익숙해져 있으니, 빨리 딕 왕자를 향한 마음을 지우지 않으면 안 된다.

"여기까지 데려다줘서 고마워요. ……잘 자요."

아슈레이가 방으로 들어가려고 한 순간.

촛대의 불빛이 모두 사라져 있는 것을 눈치챘다. 평소라면 누가 방에 없더라도 밝은 불이 켜져 있을 터인데.

그녀가 덜컥 몸을 굳힌 것을 눈치챈 윌프레드는 의아스러운 듯이 아슈레이를 살폈다.

"무슨 일이야."

"……방에 불빛이 사라져 있어서……. 창문이 열려 있기 때문일까요……."

바람이 불어 들어온 탓에 촛불의 빛이 꺼져 버린 것일까. 하지만 아슈레이가 방을 나설 때에는 항상 창문에 열쇠를 걸어둘 터인데.

아슈레이가 주뼛주뼛 방으로 들어가려 했지만 윌프레드에게 팔을 잡혀 붙들렸다.

그리고 윌프레드는 뒤에서 따라오고 있던 첼시레인의 경비병에게 눈짓을 보내 실내를 확인시켰다.

그러자 안에서 놀란 듯한 목소리가 들려왔다.

"아슈레이님! 큰일입니다."

"무슨 일인가요?"

윌프레드의 옆에 붙은 채로 방 안에 들어가자 그곳에는 잘게 잘린 드레스가 있었다.

"……이건……."

불어온 바람에 그 천 조각이 방 안을 어지럽히고 있었다. 수습이 불가능할 정도로 잘게 잘려 입지 못하게 된 드레스는, 내일 출발 전 아슈레이가 대성당에서 노래를 선보이기 위해 입을 예정이었던 옷이었다.

"경비의 수를 늘려라. 베란다에서 침입한 것을 고려해 정원과 양쪽 방에도 배치시키도록."

윌프레드는 그렇게 경비병에게 지시를 내리고는 아슈레이의 방에 있는 모든 창문의 열쇠를 걸었다. 그리고 마지막에 차광커튼을 닫았다.

"상대는 꽤나 너를 결혼시키고 싶지 않아하는 걸로 보이는데. ……과거에 구애했었던 남자들의 이름을 전부 말해 봐."

갑자기 받은 질문에 아슈레이는 멍해졌다.

그런 것을 물어본들 전혀 기억이 없다.

어렸을 때부터 일방적으로 윈스터레이크 왕국의 제1왕자인 딕을 좋아하고 있었던 것뿐, 아슈레이에게 화려한 연애 편력 같은 것은 없었다.

"지금…… 눈앞에 있는…… 한 명밖에."

눈을 굴리며 아슈레이가 중얼거리자 윌프레드는 노려보듯이 방 안에 있는 경비병들을 둘러보았다.

"왕녀에게 연심을 품은 경비 같은 건 들어본 적 없다. 자신의 분수도 모르는 경비병 따위는 벌을 주겠어!"

부끄러움에 곧이어 얼굴이 빨개졌다. 이런 이야기를 누군가에게 들려줘야 하는 날이 올 것이라고는 생각지도 못했었다.

"그게 아니에요. 경비병이 아니라, 당신 말이에요……."

아슈레이가 어색한 듯이 그렇게 중얼거리자 월프레드는 눈을 둥글게 떴다.

"설마, 이전에 너를 유혹했던 것이 나쁘이라는 말인가?"

어이가 없어졌을까. 바로 후회했지만 한 번 내뱉은 말은 정정할 수 없었다.

"……저렇게 아름다운 언니가 있는데, 일부러 여자로서 열등한 저를 유혹하는 사람 같은 게 있을 리가 없죠."

월프레드 또한 언니인 마리벨에게 구혼을 할 생각으로 첼시레인에 온 것이다. 하지만 윈스터레이크 왕국의 제1왕자인 딕에게 선두를 빼앗겨 할 수 없이 아슈레이를 신부로 맞아들이기로 결정한 것이리라. 그런 그에게 무슨 말을 들어도 위로는 되지 않는다. 오히려 풀이 죽을 뿐이다.

"이제 이 이야기는 그만두면 안 될까요……."

아슈레이는 작게 한숨을 쉬고 방을 돌아보았다. 잠겨 있었을 터인 방에 누군가가 다녀갔다는 것은 자고 있는 동안 습격을 받을 가능성도 있다는 것이다.

그가 경비병을 배치해 주었다고는 하지만, 이렇게 무서운 상황에 처한 적이 없는 아슈레이는 침착해질 수 없었다.

"저는 괜찮으니 월프레드님은 연회장으로 돌아가시는 게 어떨까요? 분명 아버지도 고대하고 계실 거예요."

월프레드가 곁에 있어준다면 매우 안심이 되는 것은 분명하다. 하지만 그를 초대했기에 주최한 무도회인데 붙잡아 둘 수는 없었다.

그렇게 말하고 배웅하려고 하자 윌프레드는 털썩 소파에 앉았다.

"뭐죠?"

아슈레이가 고개를 갸우뚱하자 윌프레드는 당연한 듯이 말했다.

"여기서 너를 지켜주지."

"넷?! 설마 밤새 내내요?"

아슈레이는 엉겁결에 얼빠진 소리를 지르고 말았다.

"당연하다. ……결혼을 신청한 상대에게 무슨 일이 일어난다면 마셜로트 제국의 불명예이니까."

그는 거만한 태도로 그렇게 대답했지만 그 말을 받아들이는 것은 주저가 되었다.

"경비병들이 밤을 새서 지켜줄 거라고 생각하는 데요……. 게다가 윌프레드님이……."

"님을 붙이는 것은 그만둬. 윌로 됐어."

"윌이 하룻밤 내내 여기에 있다면 신경이 쓰여서 잠을 못잘 것 같아요."

오늘 막 만났을 뿐인 남성이 바로 가까운 곳에 있다면 침착하게 있을 수 있을 리가 없다.

"……내게 반한 건가."

생각지도 못한 말에 아슈레이는 눈을 크게 떴다.

"아니요옷!"

황급히 답을 하자 윌프레드는 코웃음을 쳤다.

"흥. 시시하군. 나는 강제적인 행동은 하지 않아. 게다가 결혼 전에 여자에게 손을 댈 생각은 없어."

돌아온 말을 뒤집어 보면 어느 한 가지의 답에 도달한다. 하지만 그런 식으로는 보이지 않는데.

"혹시……."

누구도 안은 적이 없는 걸까……. 그렇게 물을 뻔한 아슈레이는 말을 더듬었다.

"뭐지?"

"……아, 아무것도 아니에요."

자신은 어떤지 같은 걸 물어봐도 곤란하다. 아버지나 선생님 이외의 남성과 단둘이서 이렇게 길게 이야기 해본 것도 처음이거니와 키스조차 해본 적이 없는 몸이다.

윌프레드에게는 그 사실을 이미 들켰는지도 모르겠지만, 굳이 그 사실을 듣고 싶지는 않았다.

"안색이 좋지 않군. 그게 아무렇지도 않다는 얼굴인가."

"……졸려서 눈꺼풀이 무거운 것뿐이에요……."

아슈레이는 아무렇게나 떠오른 말로 얼버무렸다. 이런 상황에서 잠이 올 리가 없다.

"그렇다면 빨리 잘 준비를 해."

어처구니가 없다는 듯한 말투로 중얼거린 윌프레드는 마치 자신이 방의 주인인양 건방진 태도로 소파에 기댔다.

　　　　　*　　　　*　　　　*

　방의 침대에 나이트가운을 입은 모습으로 누운 아슈레이
는 희미한 빛 속에서 옆방으로 이어지는 문을 바라보았다.

　옆방에는 윌프레드가 있을 터이지만 소리 하나 들려오지
않았다.

　"……."

　소파에 기대어 있던 윌프레드의 모습이 생각났다.

　회랑에서 그렇게 무서운 상황에 처하고 누군가가 방에
쳐들어오기까지 했음에도, 옆방에 윌프레드가 있다고 생각
하는 것만으로도 매우 안심이 되었다.

　그러나 뒤척거리며 잠을 청하려고 해도 아슈레이는 좀처
럼 잠들지 못했다. 옆방에 남자가 있는 상황에서 잠을 잔
적이 없기 때문이다.

　눈을 감으면 떠오르는 것은 홀로 검을 들고 폭한에게 맞
서던 윌프레드의 모습이었다. 첼시레인은 평화로운 나라이
기 때문에 폭한 따위는 거의 나타나지 않는다. 싸우는 남자
의 모습을 본 적이 있는 것은 경기장이나 수련장뿐이다. 실
전을 눈앞에서 본 것은 태어나서 처음 있는 일이었다.

　무서웠지만 한편으로는 가슴이 고동쳤다.

　그 사람이 자신의 남편이 될 남자의 모습이라고 생각하
자 어쩐지 기분이 진정되지 않았다.

　"그러고 보니……."

소파에 기대어 있던 윌프레드가 성장 차림이라는 것이 떠올랐다. 그대로 잠을 잔다면 감기에 걸릴지도 모른다. 아슈레이는 그렇게 생각하고 모포를 안고 옆방으로 향했다.

"……윌. 깨어 있어요?"

살짝 문을 열자 그는 소파에 털썩 앉아 팔짱을 낀 채로 조금도 움직이지 않고 있었다. 아무래도 잠이 든 것 같다.

윌프레드를 깨우지 않고 모포를 둘러주기 위해 가까이 다가가자 갑자기 아슈레이의 팔이 붙들렸다.

"……앗?! 깨어 있었어요?"

확 하고 아슈레이의 볼이 뜨거워졌다. 지금 자신은 어깻죽지가 열린 얇은 의상만을 몸에 걸친 모습이다.

어째서 이렇게도 부끄러운 모습으로 방을 나서고 말았는지, 이제 와서 깨닫고 만다.

"저기…… 놔줘요."

조심스럽게 말했지만 윌프레드는 손을 놓지 않았다.

그러기는커녕 더욱 힘을 주고는 그녀를 그의 품에 꽉 껴안았다.

"……읏?!"

엉겁결에 소리를 지를 뻔했다. 분명 소리를 지른다면 밖에 있는 경비병들이 도와줄 것이다.

하지만 그의 품에 안겨 있는 모습을 사람들 앞에 드러내 보이고 싶지 않았다.

어떻게 하면 좋을까……. 그렇게 아슈레이가 당황하고

있자 그가 다정하게 등을 문질러 주었다.

"잠이 오지 않는 건가. ……어쩔 수가 없는 녀석이군. 안 아줄 테니까 눈을 감고 있어. 곧 잠이 들 거야."

눈을 감은 채로 윌프레드는 쉰 목소리로 그렇게 말했다. 마치 무서운 꿈을 꾼 어린아이라도 대하고 있는 행동이었 다.

문득 그가 낮에 자신의 여동생에게 했던 것처럼 아슈레 이의 머리를 쓰다듬었던 것을 떠올렸다.

─즉, 그는 잠에 취해 있고, 여동생과 아슈레이를 착각하 고 있는 것이다.

그 사실을 간신히 깨닫자 빨갛게 되었던 볼이 이번에는 분노로 더욱 뜨거워졌다.

"정말이지 깜…… 깜짝 놀랐는데……."

살짝 그의 가슴을 두드렸지만 알프레드는 일어날 기색이 보이지 않았다.

경비를 하고 있는 사람이 이렇게 숙면을 취해도 되는 건 가, 하고 질릴 정도다.

가만히 그의 얼굴을 올려다보자 낮에는 무뚝뚝했던 표정 이 평온해서 뭔가 사랑스럽게 보였다.

"……나쁜 사람은 아닌…… 것 같은 생각이 들지 만……."

깨어 있을 때는 그다지 응시하지 못했기 때문인지 찬찬 히 그를 쳐다보게 되었다.

"잘 자요."

그렇게 중얼거리고 침실로 돌아가려던 아슈레이는 윌프레드의 손이 떨어지지 않는 것을 눈치챘다.

"……에…… 엣."

꽉 안긴 그의 품에서 벗어나려고 했지만 더욱 강하게 안겨 버리고 말았다.

"어, 어떻게 하지……."

발버둥을 친다면 윌프레드가 깨어날지도 모른다. 그렇게 생각하고 가만히 힘을 넣어 잡아 당겨봤지만 역시 손은 떨어지지 않았다.

깊이 잠이 들면 분명 그는 손을 놓을 것이다……. 그렇게 생각하고 아슈레이는 체념 섞인 한숨을 쉬고 한 손으로 두 사람의 몸에 모포를 덮었다.

머리를 손질하는 제품의 향기가 비강을 간질여와 몸이 굳는다.

두근두근 심장이 고동치다 못해 부서질 것 같은 정도다. 하지만 그런 아슈레이의 기분도 모른 채 윌프레드는 푹 잠들어 있었다.

이렇게 깊게 잠들어 있으면서, '아슈레이를 지킨다' 고 호언장담을 하다니.

흠칫거리며 뺨을 만져보자 생각했던 것보다도 훨씬 매끄러웠다.

그대로 손가락 끝을 움직이자 손가락이 살짝 그의 입술

에 닿았다.

"……아…… 앗."

아슈레이는 황급히 손을 떼었다.

자신은 대체 무슨 일을 하고 있었던 걸까. 윌프레드에게 닿은 손가락 끝이나 볼이 매우 뜨거워서 삶아질 것만 같다.

마음을 가라앉히기 위해 아슈레이가 심호흡을 하고 그녀의 몸을 안고 떨어지지 않는 윌프레드의 가슴에 손을 올렸다. 그러자 두근두근하고 정확한 리듬을 새기는 그의 심장 소리가 손끝에 전해졌다.

아슈레이는 남자와 단둘이 있다는, 있을 수 없는 상황에 처해 있으면서도 매우 안심이 되었다. 온기에 감싸이고 이윽고 잠기운이 찾아왔다.

"하…… 아암, 흐응……."

그 정도로 무서웠던 것이 거짓말 같다.

그렇게 아슈레이는 그의 품에 얼굴을 묻은 모습으로 잠에 몸을 맡겼다.

＊　　　＊　　　＊

"저기……."

불쾌한 듯한 목소리가 울려 퍼졌다. 조금만 더 잠을 자고 싶다. 그렇게 생각하면서 아슈레이는 속눈썹을 움직였다.

오늘은 평소보다도 피부가 춥게 느껴졌다. 부들부들 몸

을 떨며 눈앞의 온기에 달라붙고 나서야 안심할 수가 있었다.

"……좀 더……."

몸이 떨린다. 마치 하룻밤 내내 무언가에 안겨 있었던 것 같은 감촉이 남아 있다. 하지만 지금은 이제 없다.

그 사실이 매우 쓸쓸해서, 붉은 입술을 떨며 탐을 내는 목소리를 흘리자 눈앞의 온온기가 경직했다.

"이, 이, 이 칠칠맞은 여자가!"

갑자기 노성이 들려 아슈레이는 졸린 눈을 문질렀다.

그러자 그곳에는 얼굴을 새빨갛게 하고 화를 내고 있는 윌프레드의 모습이 있었다.

"남자의 침소에 몰래 들어오다니, 참으로 버릇없는 왕녀로군. 그렇게 안아주길 원한다면 자고 있는 동안 덮칠 게 아니라 정정당당하게 나에게 '결혼 전에 잠자리를 갖죠'라고 말하면 될 것을."

무슨 말을 들은 건지 이해가 가지 않아 아슈레이는 고개를 갸우뚱했다.

"……저기……."

그리고 잠이 덜 깬 눈으로 윌프레드의 말에 반론했다.

"그게 아니에옷! 저는 모포를 덮어주러 온 것뿐인데 당신이 팔을 잡고 놓아주지 않았다구요."

얼굴이 새빨개지며 대답하자 윌프레드는 경악스러운 눈빛으로 뒤를 돌아보았다.

발칙한 마리아주 - 약탈의 왕자와 축복의 공주
© Nigana / Nakagawa Waka

1 January · 2016

日	月	火	水	木	金	土
					1 신정	2
3	4	5	6	7	8	9
10	11	12	13	14	15	16
17	18	19	20	21	22	23
24 / 31	25	26	27	28	29	30

1일 : 메르헨노블 전자책 발매
5일 : 아인 전자책 발매
10일 : 엘르노블 전자책 발매, 메르헨-엘르 노블 단행본 발매
15일 : 핀 전자책 발매

발칙한 마리아주 – 약탈의 왕자와 축복의 공주

그리고 갑자기 방의 문이 열렸다.

"그건 대단하군! 자고 있는 윌의 가까이에 다가가다니, 누구나 할 수 있는 일이 아니에요. 같은 행동을 하려다가 목에 검이 들이대진 적이 있는 제가 봤을 때는 귀신같은 솜씨로군요."

모습을 나타낸 것은 윌프레드의 소꿉친구인 제레미였다. 그러자 윌프레드는 아슈레이의 몸을 폭 덮어 숨기는 것처럼 모포로 감싸더니 자신의 가슴에 꽉 안았다.

"부녀자의 방에 들어오기 전에 노크 정도는 하는 게 예의가 아닐까."

무연하게 윌프레드가 말하자 제레미는 어깨를 움츠렸다.

"노크라면 몇 번이나 했어. 기척에 민감한 자네가 그렇게 주의력이 산만해질 정도로 무엇에 정신이 팔려 있었던 걸까."

아슈레이에게도 노크 소리는 들리지 않았었다. 그렇게 정신이 팔려 있었던 것인가 하고 얼굴이 새빨개지자 윌프레드가 무연한 어조로 대답했다.

"거짓말하지 마. 너는 노크 따위 하지 않았어. 아마 우리들이 방에서 무언가를 하고 있는 것이 아닌가 하고 그릇된 추측을 하고 방에 들어온 것이겠지."

"뭐야. 안 속네."

주눅 드는 기색도 없이 제레미는 그렇게 말하고 웃음을

띠었다.

　가볍게 말을 주고받는 두 사람을 아슈레이는 멍하니 바라보고 있었다.

　"정말이지, 윌은 하루밖에 안 됐는데 아슈레이 공주에게 푹 빠졌네. 그렇게 소유권 주장을 하지 않아도 빼앗거나 하지 않는다니까."

　문득 아슈레이는 자신이 윌프레드의 팔에 안겨 있다는 것을 떠올리고 눈을 커다랗게 떴다. 노도처럼 이야기가 진행되고 있었던 탓에 자신이 어떤 상황에 처해 있는지 완전히 잊어버리고 있었던 것이다.

　"숨기는 것은 당연하다. 자기 신부의 흐트러진 모습을 좋다고 다른 남자에게 보여주는 바보가 있을 리가 없잖아."

　울컥하며 윌프레드가 대답했다. 그 말에 아슈레이는 자신이 나이트가운 한 장밖에 걸치지 않은 모습으로 모포를 전해주러 온 사실을 떠올렸다.

　그리고 밀착하고 있는 것은 윌프레드의 늠름한 몸.

　"……꺄악……."

　아슈레이는 비명을 지를 뻔했지만 그 직전에 갑자기 몸이 안아 올려졌다. 그리고 그대로 침실로 옮겨졌다.

　"언제까지 놀고 있지만 말고 옷 갈아입어. 노래를 선보이고 나면 바로 마셜로트 제국으로 출발하겠어."

제2장
병아리의 지저귐

달아오른 얼굴이 가라앉질 않는다.

첼시레인 영세중립국을 나서는 왕녀로서의 마지막 임무를 다하기 위해 대성당으로 향하던 아슈레이는 대기실에서 필사적으로 자신의 볼을 누르고 있었다.

원래 입을 예정이었던 드레스가 찢어지는 바람에, 할 수 없이 몇 번인가 무도회에서 입은 적이 있던 드레스를 몸에 걸친 그녀에게 윌프레드가 했던 말이 떠올랐다.

"……어울리는군. 그 드레스는 네게 아주 잘 어울려."

입에 발린 말 같은 것은 하지 못할 것 같은 그에게 칭찬을 들으니, 어쩐지 정말로 자신이 사랑스럽게 몸치장을 한 것 같은 신기한 기분이 들었다.

덕분에 그다지 긴장하는 일 없이 노래를 선보일 수 있을 것 같았다.

하지만 그런 그녀의 곁에 언니 마리벨이 찾아왔다. 손에는 사과주라고 생각되는 술병을 안고 있었다.

어제의 사건도 있고 해서 윌프레드는 입구나 창문 밖에 경비병들을 배치하고 아무도 들여보내지 말라는 명령을 내렸다. 하지만 마리벨을 검문하는 경비병은 한 명도 없었을 것이다.

"정말로 노래를 할 생각이야? 몇 번이나 멈추라고 말했는데."

짜증이 난 어조로 마리벨이 질책했다.

"이건 왕녀로서의 의무이니까……. 인사와 같은 거니까 노래를 잘 부르지 못해도 상관없다고 생각해."

사실 자신 같은 건 없었다. 하지만 몇 번이나 무서운 상황에 처하기도 했고, 줄곧 윌프레드가 곁에 있어준 덕분인지 어쩐지 불안한 마음이 마비된 것 같은 기분이 든다.

설령 아무리 자신이 음치라고 하더라도 감사하는 마음을 사람들에게 전하는 것을 무서워해서는 안 된다고 생각했다.

"……너의 그 어설픈 노래를 듣게 되면 분명 마셜로트 제국의 왕자님도 질려 버릴 테지. 결혼을 파기당할지도 몰라."

마리벨이 비웃듯이 그렇게 말했다.

"……상관없어."

윌프레드는 청렴한 성격을 가진 사람이기에 노래를 잘 부르지 못한다고 해서 결혼 신청을 파기하는 사람은 아닐 것이다. 하지만 아슈레이의 어설픈 노래를 듣고 난 후 윌프레드가 마리벨을 원하는 마음이 더욱 강해질 수는 있다. 그렇게 생각하자 기분이 어둡게 가라앉는다.

어째서 자신은 항상 사람들을 기쁘게 해주는 것이 힘든 걸까. 언니인 마리벨은 미소 하나로 사람들을 행복하게 만든다고 하는데.

……부러운 마음을 억누르고 아슈레이는 자리에서 일어섰다.

그러자 마리벨이 날카로운 목소리로 그녀를 불러 세웠다.

"기다려."

옅게 웃음을 띤 그녀는 손에 들고 있던 사과주를 아슈레이에게 건넸다.

"네 각오는 잘 알겠으니 이제 무슨 말을 할 생각은 없어. ……사과라고 하기는 그렇지만, 간식으로 술을 가지고 왔어. 노래를 한다면 이걸로 기분을 가라앉히면 어떨까 해서."

그렇게 말한 후 마리벨은 물 주전자와 함께 준비되어 있던 유리잔을 내밀고 찰랑찰랑 사과주를 따랐다.

"고마워."

달콤한 사과주는 아슈레이가 좋아하는 것이었다. 설마 마리벨이 그 사실을 알고 있을 것이라고는 생각지도 못했었다.

아슈레이는 엉겁결에 얼굴에 웃음을 지었다.

"있는 힘껏 노력하렴. 마셜로트 제국에 발을 내딛게 된다면, 다음에 언제 돌아올 수 있을지는 알 수 없으니까."

분명 마리벨의 말은 사실이었다. 첼시레인 영세중립국에서 다른 나라로 시집을 간 후 두 번 다시 조국에 돌아오지 못했던 왕녀는 수없이 많은 것이다.

자신도 그렇게 되지 않을 것이라고는 확신할 수 없다.

작게 고개를 끄덕이고 유리잔에 담긴 사과주를 마시려고 했을 때—

"아슈레이."

갑자기 낮은 목소리가 들려와 깜짝 놀란 아슈레이는 유리잔을 떨어뜨리고 말았다.

"아…… 앗."

그러자 융단 위로 액체가 떨어지며, 쉬익 하고 불에 타서 눌어붙는 소리가 들렸다.

이런 것을 마셨다면 노래를 하지 못하는 것은 물론이거니와 목이 타서 두 번 다시 말을 할 수 없었을 터였다.

"……웃."

단순한 술로 이런 일이 일어날 리가 없다. 아슈레이가 경악하며 마리벨을 바라보자, 그녀는 분하다는 듯이 이쪽을 노려보고는 아무 말 없이 방을 나가 버렸다.

"아슈레이…… 무슨 일이지?"

나타난 것은 윌프레드였다. 아무리 기다려도 대성당에 모습을 드러내지 않는 아슈레이가 걱정되어 데리러 온 듯했다.

"아, 아무 일도……"

변명을 하며 아슈레이는 테이블 위에 있던 술병의 내용물을 창밖으로 버렸다. 그녀가 자리를 비운 사이에 누군가가 마시기라도 한다면 큰일이 나기 때문이다.

"어째서 저걸 버리는 거지?"

윌프레드는 탐색하는 듯한 눈빛으로 이쪽을 바라보았다.

"……상한 것 같아서……. 신경 쓰지 마세요."

그렇게 말하고 미소를 지으려고 했지만 잘 웃어지질 않았다.

"이상한 얼굴을 하고 있군."

고개를 숙인 채 입을 다물고 있던 아슈레이에게 윌프레드가 말을 걸었다.

"분명 긴장하고 있기 때문일 거예요."

눈앞이 깜깜해지는 기분이 들었다. 아슈레이가 두 번 다시 말할 수 없게 되는 것이, 마리벨에게 있어서는 별것 아닌 일이라는 것을 뼈저리게 깨달았기 때문이었다.

그 정도로 여동생의 노랫소리를 부끄러워하고 있는 것

일까.

아슈레이는 지금 당장이라도 도망치고 싶은 충동에 휩싸였다. 하지만 이미 마음을 정한 것이다.

제아무리 서투른 노래라고 하더라도 이 나라에서 태어나고 자란 것에 대한 감사와 백성을 사랑하는 마음을 전하고 싶다고.

"긴장? 평소처럼 노래하면 되는 것 아닌가. 호수에서는 기분 좋은 듯이 하고 있었다."

그와 처음 만났을 때 갑자기 검 끝이 목에 들이대졌었던 아슈레이는 윌프레드가 한 의외의 말에 눈을 둥글게 떴다.

"설마 계속 듣고 있었던 건가요?"

설마 그가 그녀의 노래를 제대로 듣고 있었다고는 생각지도 못했었다. 분명 윌프레드는 노래하고 있는 아슈레이를 발견하고는 수상하게 여겨 바로 말을 걸었던 것이라고 생각하고 있었다.

"호수로 끌려들어 가기 전에 노래를 멈출 생각이었지."

아슈레이의 노랫소리로 여행객을 매혹시키는 흉내를 낼 수 있을 리가 없다. 놀리는 것도 정도껏 했으면 했다.

"저는 세이렌이 아니라고 했잖아요."

자신이 정말 사람을 매혹시키는 노랫소리를 가지고 있었다면 이렇게 곤경에 처하는 일은 없었을 것이다. 그리고 부왕이나 언니에게 창피를 주는 일도 없었을 것이다.

"……아아, 그렇군. 지금은 이제 내 아내가 될 여자이지."

아무렇지도 않게 윌프레드가 그렇게 답하자 아슈레이는 얼굴이 새빨개졌다. 어쩐지 이런 식으로 위로를 받고 있자니, 마리벨을 대신하여 결혼하는 몸인데도 사랑을 받고 있는 것은 아닌가 하고 착각하게 되어버린다.

"이상한 말 하지 말아요."

뭔가 배겨낼 수 없는 기분이 들어 그렇게 답했다.

"정말이야. 이상한 말 같은 것은 하지 않았어. ……주변은 신경 쓰지 마. 실패한다면 그 자리에서 납치해 줄 테니까."

"실패해도 마지막까지 노래할 거예요."

처음부터 그럴 생각이었다. 이렇게 긴장하고 있는 것이다. 분명 목소리도 뒤집혀서 평소보다도 더욱 끔찍한 목소리가 나올 것이 틀림없었다.

하지만 열심히 노래한다면 마음은 전해질 것이라고 믿고 싶었다.

"그 기계다. 빨리 가. 대성당 바깥에서 내 경비병들이 애타게 기다리고 있어."

윌프레드가 노래를 끝마치자마자 마셜로트 제국으로 출발하겠다고 말하긴 했었지만, 설마 바로 나설 셈이라고는 생각지도 못했었다.

그녀가 애초에 데리고 갈 생각이었던 신부가 아니기 때문에 이곳에 길게 머무르고 싶지 않은 것인지도 모른다.

그렇게 생각하자 슬픈 기분이 다시 끓어오를 것 같았다.

하지만 윌프레드와 가볍게 말다툼을 하는 사이에 아무래도 긴장이 풀린 것 같았다. 딱딱하게 긴장해 있던 몸이나 목이 편안해져 있다.

"……갈게요."

그렇게 말하고 아슈레이는 대성당으로 발길을 향했다.

＊　　　＊　　　＊

스테인드글라스에서 비쳐 들어오는 빛이 반짝반짝하게 실내를 비추고 있었다.

웅장하고 아름다운 대성당에서 파이프 오르간의 중후한 선율이 울려 퍼진다.

부왕이 걱정스러운 듯이 이쪽을 바라보고 있는 것을 눈치채고 아버지를 향해 미소를 짓자, 옆에 서 있던 언니 마리벨이 이쪽을 노려보았다.

—미안해요.

마음속으로 그렇게 사죄를 하면서 아슈레이는 선율에 맞춰 노래를 흥얼거리기 시작했다.

"……!"

그러자 대성당에 모인 왕족이나 귀족, 그리고 영주들이 일제히 조용해졌다.

사람들 앞에서 노래를 하는 것은 이것이 처음이었다. 어린 시절부터 마리벨에게 듣기 싫은 노랫소리라고 줄곧 매도를 당해 완전히 자신감을 잃고 말았기 때문이었다.

하지만 오늘만은 용서해 주었으면 하고 생각했다.

아슈레이가 태어나고 자란 나라와, 매일 열심히 일하는 국민들에게 감사와 축복을 전하고 싶어 한층 더 목소리를 높였을 때—

아슈레이의 노래에 이끌린 듯, 열려 있던 천장의 창문에서 작은 새들이 내려와 그녀의 주변을 선회하거나 그녀의 어깨에 앉기 시작했다.

꼭 평소에 혼자서 연습하고 있을 때 같았다.

마음이 가벼워져 노래에 마음을 담자, 대성당 벽에 기대어 서 있던 윌프레드의 모습이 보였다. 분명 그는 어처구니가 없어 하고 있을 것이다. 멀찍이서도 얼굴을 찌푸리고 있었다.

하지만 어째서인지 슬픈 기분은 들지 않았다. 윌프레드가 응원해 주고 있는 것 같은 기분이 들었기 때문이었다.

그것은 그저 그녀의 희망이었는지도 모른다. 하지만 지금의 아슈레이에게는 그것만으로도 충분해서 엉겁결에 미소를 지었다.

그렇게 노래가 종반에 접어들었을 때.

윌프레드가 벽에서 몸을 일으키고 천천히 이쪽을 향해 걸어오기 시작했다.

근처에 있어주려는 것일까.

그런 것을 생각하고 있는 사이, 노래는 마지막 구절에 당도했다.

첼시레인에서는 누구나가 알고 있는 찬가였지만, 다른 나라 사람인 윌프레드도 이 노래를 알고 있을까.

마음을 담아 마지막 단어를 내뱉자 파이프 오르간의 반주가 커졌다.

연주가 한창인 때 갑자기 윌프레드가 아슈레이의 몸을 안더니 빠른 발걸음으로 밖으로 향했다. 그가 갑자기 왕녀를 데려가는 것을 모두들 한 모습으로 멍하니 지켜보고 있었다.

"가지. ……만족한 건가?"

"네. 마지막까지 들어줘서 고마워요. 도중에 화를 내는 건 아닌가 하고 생각했어요."

울컥하던 윌프레드의 표정을 떠올리며 아슈레이가 입술을 뾰족였다.

그런 불만스러운 표정을 짓고 있지 않아도 되는데……. 그렇게 불만을 말하고 싶었지만, 그것이 당연한 반응일 것이다.

모두들 너무 어이가 없는 것인지 입을 벌린 채로 멍하니 있던 사람이 많았다.

"그래. 도중에 끌고 나와 버릴까, 하고 몇 번이나 생각했다."

"아무리 그래도 너무 솔직한 게 아닌가 싶은데요."

서투른 사람은 서투른 사람 나름대로 열심히 노력을 한

것이다. 그렇게 차가운 말은 하지 않았으면 했다.

아슈레이는 그를 비난하고 싶은 충동을 참았다. 윌프레드는 거짓말을 하고 있지 않은 것이다. 여기서 화를 내서는 분풀이를 하는 것이나 다름없다.

"당연하지. 몇 명이나 되는 남자들에게 추파를 보내고 있었던 건지. 넋을 잃고 보던 남자들을 한 명씩 칼로 베어 버릴까 하고 생각할 정도였다."

하지만 갑자기 들려온 농담에 아슈레이는 얼굴이 풀렸다.

"신경 써줘서 고마워요. 이제 괜찮으니. 출발하죠."

그렇게 안겨 있는 채로 대성당의 밖으로 나서자 그곳에는 고용인들이 나란히 서 있었다.

"……모두들……."

정원이나 요리, 청소와 설거지, 세탁 등을 담당하고 있던 메이드나 시종 등 다양한 고용인들이 모여 있었다.

"배웅해 주는 거야? 고마워."

아슈레이가 감사를 표하자 메이드의 우두머리가 에이프런으로 눈시울을 닦았다.

"부디 건강히 지내시길. 뭔가 힘든 일이 생긴다면 언제라도 돌아오세요."

"공주님이 계시지 않는 왕성은 분명 불이 꺼진 것처럼 쓸쓸해질 거예요……."

늙은 정원사까지 울음을 터뜨리는 것에 아슈레이는 놀라

움을 금치 못했다.

"나를 위해…… 걱정해 주는 거야?"

고용인들은 마음속으로 아슈레이를 업신여기고 있다고, 언니인 마리벨에게 언제나 그런 말을 들어왔던 그녀는 깜짝 놀랐다.

"당연하죠. 무슨 말씀을 하시는 건가요."

고용인들과 언젠가 진심으로 사이좋게 되었으면 좋겠다고 원하고 있었는데, 그들의 모습을 보고 있자니 역시 자신을 성가시게 생각하고 있는 것으로는 보이지 않았다.

"……미안하지만 이 녀석을 힘들게 해서 이 나라로 돌려보낼 일은 없어. 유감이로군."

윌프레드는 아슈레이를 안은 팔에 힘을 넣고 그렇게 선언했다.

어째서 솔직하게 '행복하게 해주지' 라는 한마디를 말하지 못하는 걸까, 하고 어이가 없으면서도 그녀는 그 말이 기뻤다.

"모두들 건강히 지내."

고용인들에게서 멀어지자 윌프레드는 의아스러운 듯이 아슈레이에게 물었다.

"왜 그러지?"

"……줄곧 모두에게 미움을 받고 있다고 생각하고 있었기에 기뻐서……."

눈꼬리에 맺힌 눈물을 닦자 윌프레드는 더더욱 미간을

찌푸렸다.

"저 사람들을 어떻게 봐도 너를 싫어하고 있다고는 생각할 수 없는데?"

그의 목소리에는 어이가 없다는 기색이 배어 나왔다.

"저도 그렇게는 보이지 않았지만……. 실은 마음속으로 저를 업신여기고 있다는 말을 들어서…….."

그렇기 때문에 자신을 좋아해 주었으면 해서 정성을 다해 노력해 왔던 것이다. 어쩌면 그것이 결실을 맺었는지도 모른다.

"시시하군. ……그런 말을 누구에게서 들은 거지? 아아, 말하지 않아도 돼. 어차피 네 언니겠지."

경멸하듯이 윌프레드가 중얼거렸다.

"어떻게 아는 건가요?"

분명 아슈레이가 고용인들에게 미움을 받고 있다고 말한 것은 언니인 마리벨이 전해준 이야기였다. 하지만 어째서, 어제 막 왔을 뿐인 윌프레드가 그 사실을 알고 있는 것일까.

"……너는 너무 솔직해. 그것이 장점이기도 하지만 단점이기도 해. ……다른 사람에게 한마디 들은 것만으로 생각을 바꾸는 것은 어리석은 사람이 하는 일이다. 자신의 눈으로 보고 올바르다고 생각한 것을 믿으면 되지 않은가. 너처럼 해서는 나라가 몇 개나 있어도 무너진다고."

조용히 충고하는 윌프레드의 말에 아슈레이는 고개를 숙

이고 말았다.

분명 마리벨의 말이 틀렸을 가능성도 있었다. 헤어질 때 눈물까지 흘렸던 고용인들을 보면 그렇게 생각할 수밖에 없다.

자신의 마음에 솔직하게 따랐다면 모두와 좀 더 사이좋게 지냈을지도 모른다고 생각하자 안타깝기만 했다.

"저기…… 월. ……충고해 줘서 고마워요."

살짝 미소를 지으며 아슈레이가 월프레드를 올려다보았다. 하지만 그는 쌀쌀맞게 얼굴을 돌리고 말았다.

"그래. 그럼 가지. 이곳에는 이제 용건이 없다."

그렇게 아슈레이는 월프레드에게 안긴 채로 마셜로트 제국의 무리가 기다리고 있는 장소로 향하게 되었다. 그곳에는 출발할 준비를 마친 병사들이 모여 있었으며, 제레미가 그들을 지휘하고 있는 모양이었다.

"그 모습을 보니 무사히 끝난 모양이네. 출발할까."

월프레드와 아슈레이가 오는 것을 눈치챈 제레미가 웃는 얼굴로 다가오자 월프레드는 질린 듯한 모습으로 대답했다.

"그래, 서두르지. 꾸물거리고 있다가는 귀찮은 일에 휘말리게 될 것 같으니."

뭐가 귀찮은 일인 걸까?

아슈레이는 궁금해졌지만 월프레드와 나란히 말에 올라타게 되어 그 이야기를 완전히 잊어버리고 말았다.

그렇게 두 사람이 나란히 성문으로 향하는 도중에 갑자

기 뒤에서 목소리가 들려왔다.

"잠깐 기다려 주세요. 아슈레이 공주."

나타난 것은 윈스터레이크 왕국의 제1왕자인 딕이었다. 그는 자신의 부하들을 이끌고 진지한 눈빛을 이쪽으로 보내고 있었다.

대체 무슨 용건일까.

"딕님…… . 무슨 일이신가요…… ."

결혼하는 아슈레이에게 이별의 말이라도 전할 생각인가 하고 고개를 기울였지만, 윌프레드는 말의 고삐를 흔들고 서둘러서 움직이고 말았다.

"앗…… ."

그렇게 눈 깜짝할 사이에 문을 빠져나갔다. 그 뒤를 마셜로트 제국의 기마대가 따랐다.

뒤를 돌아보자 윌프레드의 뒤를 쫓던 보병들이 필사적으로 달리고 있는 모습이 보였다. 함께 움직이지 않고 먼저 앞으로 달려간다면 그의 부하들에게 걱정을 끼치는 일이 되는 것은 아닐까.

"딕님이 뭔가 이야기를 하시려고 한 것 같은데…… . 윌은 멈추라는 말을 듣지 못했나요?"

당황하면서 아슈레이가 물어보자 그는 무뚝뚝하게 대답했다.

"아무것도 이야기할 필요는 없다."

그렇게 일행은 첼시레인 왕성을 뒤로했다.

　　　　　*　　　　*　　　　*

　　마셜로트 제국과 첼시레인 영세중립국령의 경계의 언덕
에서 일행은 휴식을 취하기로 했다. 이 앞에 있는 마을은
비교적 번영한 곳이었지만 숙박할 수 있는 장소는 적었다.

　　오늘 밤 숙박할 곳에 대해 이야기를 하고 있는 제레미 일
행을 곁눈질하며 아슈레이는 화관을 만들기 시작했다.

　　"그러고 보니……."

　　어렸을 때 열심히 만든 화관을 윈스터레이크 왕국의 왕
자 딕에게 건네줬던 일이 떠올랐다.

　　그런 반짝반짝 빛나는 듯한 미소와 기품을 가진 청년을
태어나서 처음 만나게 된 아슈레이는 기분이 완전히 붕 떠
올랐던 것이다.

　　지금 생각하면 대국의 왕자에게 매우 실례가 되는 일을
한 것 같은 기분이 든다. 하지만 딕은 그 화관을 아슈레이
의 작은 머리에 씌워 주었던 것이다.

　　"매우 어울리네요. 마이 리틀 레이디."

　　딕이 자신이 건네준 화관을 둘 곳이 마땅치 않아 그녀에
게 되돌려 주었다는 것은 어른이 된 후 깨달았지만, 그것도
아슈레이에게 있어서는 멋진 추억이었다.

　　감개에 빠져 있자 갑자기 그녀에게 그림자가 드리워졌
다.

옆에 키가 큰 청년……. 윌프레드가 곁에 서 있었기 때문이었다.

"잘 만드는군. 너."

윌프레드는 화관이 신기한지 진지한 눈빛으로 그녀를 바라보고 있었다.

"살짝 고개를 숙여줘요."

아슈레이가 그렇게 부탁하자 윌프레드는 그녀의 곁에 한쪽 무릎을 꿇었다.

"이걸로 됐나."

깔끔하게 정돈된 윌프레드의 흑발은 보슬보슬했다. 그 머리에 아슈레이는 화관을 올렸다.

"……."

윌프레드는 매우 진지한 얼굴을 한 채 입을 다물고 있었다. 그녀는 그가 화를 내며 땅에 화관을 내던지는 것은 아닐까 하고 생각했다. 하지만 윌프레드는 그대로 일어서서 아슈레이에게 손을 내밀었다.

"도착은 늦어지겠지만 하나 더 앞의 마을까지 가기로 했어. 슬슬 출발하지."

그리고 아무 일도 없었던 듯이 화관을 쓴 채로 걸어가 버린 것이다.

"저, 저기……."

물론 병사들은 모두 기이한 것을 본 듯한 시선으로 이쪽을 바라보고 있었다. 하지만 아무도 추궁할 수 없었는지 말을 거는 일은 없었다.

하지만 그중에서 딱 한 명, 말을 걸어온 강자가 있었다. 윌프레드의 소꿉친구인 레제미였다.

"어라? 귀여운 화관이네. 잘 어울려. 윌."

"그래? 이 녀석한테 받았어."

그 대답이 어딘가 자랑스러워하는 듯이 들린 것은 단순히 아슈레이의 기분 탓만은 것은 아닌 것 같았다.

"그래? 좋겠네. 그럼 출발할까."

아슈레이는 분명 말에 탈 것이라고 생각했는데, 윌프레드는 그녀를 마차로 안내하고는 자신도 그 안으로 올라탔다.

어쩌면……. 어떤 생각이 떠올랐지만 아슈레이는 그것을 물을 수가 없었다. 말에 올라타게 되면 머리에 쓰고 있던 화관이 바람에 흩날려 버리기 때문은 아닐까 하고.

좁은 밀실 안, 어제 처음 만났을 뿐인 대국의 왕자가 자신의 눈앞에 있다. 그 머리에는 그녀가 만든 화관. 게다가 본인은 매우 진지한 얼굴로 무뚝뚝하게 입을 다물고 창밖을 바라보고 있는 것이다. 누군가가 이 이상한 광경의 이유를 설명해 줬으면 하고 바라지 않을 수 없었다.

"……저기……. 윌……."

"뭐지?"

그리고 이윽고 이슈레이는 참지 못하고 윌에게 물었다.

"꽃을 좋아하나요?"

바로 답은 없었다. 엄청난 침묵이 계속된 후 그는 무겁게 입을 열었다. 그리고 한마디를 했다.

"그다지."

그 정도의 기분이라면 성인 남자가 화관을 쓴 채로 말에서 마차로 바꿔 탈 리가 없다. 더욱 추궁해서 질문하고 싶은 것을 참을 수 없었지만 어쩐지 물을 수 있는 분위기는 아니었다.

＊　　　＊　　　＊

숨이 막힐 것 같은 침묵을 줄곧 참으며 해도 벌써 졌을 무렵, 이윽고 목표로 하던 마을에 도착할 수 있었다.

1층은 술집으로 되어 있고 2층이 숙박 시설로 되어 있는 보리수 여관이라는 가게의 앞에 도착하자 윌프레드는 마차에서 내렸다.

마셜로트 제국의 병사들은 이런 숙박 시설 몇 개에 나뉘어 숙박하는 듯했다. 그중 일부는 교대로 왕자인 윌프레드의 숙박 장소를 경비하게 된다고 한다.

"내일은 이른 시간에 출발하겠다, 너무 마시지 말라고."

윌프레드는 생긋 웃음을 짓고 부하들에게 그렇게 말했다.

"전하야말로, 너무 힘을 쓰지 말아주세요."

"바깥까지 소리가 들린다면 저희들의 욕구불만이 한계

치를 넘어버릴 겁니다."

부하들이 시끄럽게 떠들어대는 말의 의미를 알 수 없어서 아슈레이는 고개를 기울였다.

"……무슨 말인가요?"

가만히 그를 바라보고 있자 갑자기 윌프레드에게 허리를 안겨 끌리듯이 계단 위로 끌려가 버렸다.

"됐으니까 가만히 있어. 의미라면 차차 알려줄 테니까."

그러자 뒤에서 제레미가 찬동했다.

"그야말로 하나부터 열까지 가르쳐 주는 느낌이네."

"입 다물어, 제레미. 너도 카드 게임을 하다 돈 낭비하지 마. 상대가 필요하다면 성으로 돌아간 후 내가 상대해 주지."

낮고 흐릿한 목소리로 윌프레드가 말하자 제레미는 희희낙락해하며 얼굴에 미소를 지었다.

"그 말, 무덤 속까지 기억해 두리!"

아무래도 제레미는 비할 데 없이 카드 게임을 좋아하는 것 같다.

"저 녀석은 내버려 두면 걸치고 있는 게 전부 없어진다 해도, 오히려 상대를 만들어서 내기를 계속해. 게다가 어이가 없을 정도로 약하지."

질린 듯한 모습으로 윌프레드는 그렇게 중얼거리고는 슬쩍 뒤를 돌아보았다.

제레미가 카드 게임에 흥을 올리고 있지는 않나 확인한

것 같다.

"사이가 좋네요."

"소꿉친구니까. 보통 이렇지 않나."

아슈레이는 철이 들었을 때부터 언제나 혼자였다. 제 나이 또래의 친구도 없었으며, 마리벨에게는 언제나 심한 말을 듣기만 했었던 기분이 든다.

"부럽네요."

고개를 숙이며 작은 목소리로 그렇게 중얼거리자 윌프레드는 바로 대답했다.

"그렇다면 너도 사이좋게 지내면 되잖아."

"제레미와요?"

"나와 말이다."

"……어……. 저, 저기…… 윌과요?"

말문이 막힌 아슈레이는 얼굴이 새빨개졌다.

"뭐야? 무슨 이야기야? 나도 끼워줘."

제레미가 아슈레이의 곁으로 쓱 오더니 그녀에게 귓속말을 했다.

"윌의 머리에 씌워 준 그거 말인데요. 적당한 때에 회수해 주세요. 그렇지 않으면 말라 비틀어져서 제멋대로 떨어질 때까지 머리 위에 쓰고 있을 테니까요."

"설마요……."

"아니, 진심이에요. 오늘 밤의 카드 자금을 전부 다 걸어도 좋을 정도로요."

월프레드에게 돈 낭비를 하지 말라는 이야기를 들었음에도 역시 제레미는 카드 게임을 할 생각인 듯했다.

그것보다도 신경이 쓰였던 것은 월프레드에 대한 것이었다.

설마, 말라 비틀어져서 허물어질 때까지 화관을 쓰고 있을 리가 없다……. 그렇게 생각하고 싶었다.

아슈레이가 가만히 올려다보고 있자, 월프레드는 입술을 굳게 굳힌 채로 이쪽으로 시선을 향하고 있었다.

"뭐지?"

건방진 태도였지만 화관을 쓴 채 그대로였다. 사람들이 어떻게 생각할지는 전혀 신경 쓰지 않는 듯했다. 처음에는 위화감이 있었지만, 이렇게까지 당당하게 쓰고 있는 걸 보자니 반대로 잘 어울리는 것처럼 보이는 것이 신기했다.

"……아무것도 아니에요. ……갈까요?"

그렇게 두 사람은 나란히 방으로 향했다. 방은 2층에 있는 안쪽에서 두 번째 방이었다.

"오늘 밤은 여기서 묵을 거야. 빨리 안으로 들어가."

그에게 말을 듣고 아슈레이가 방으로 들어갔다. 그 방은 일인용 침대 하나와 작은 의자와 테이블이 있을 뿐인 조촐하고 아담한 방이었다.

이런 방에 들어가 본 적조차 없었던 아슈레이는 무심코 방 안을 말끄러미 쳐다보았다.

"좁겠지만 참아. 단 하룻밤이다."

그렇게 말하면서 윌프레드는 자신의 짐도 방 안에 두기 시작했다.

"윌도 같은 방에 묵는 건가요?"

하지만 침대는 하나밖에 없다.

"같은 방에서 묵는다면 경비를 줄일 수 있어. 그걸로 한 명이라도 더 많은 경비 인원을 숙소에서 쉬게 할 수 있으니까."

당연한 듯이 말하는 그에게 대꾸할 말이 없었다.

윌프레드는 착실한 성격으로, 결혼 전에 자신에게 손을 대는 일은 없을 것이라고 했었다. 안심해도 좋을 것이다. 하지만 오늘은 소파는 하나밖에 없고, 침대도 좁다. 어떻게 잠을 잘 생각인 걸까. 설마 둘이 나란히 누워서 쉬게 되는 걸까…….

아슈레이가 얼굴이 붉어졌다 파래졌다 하며 여러 가지로 생각에 빠져 있자니 갑자기 누군가 방문을 두드렸다.

"전하, 전하를 알현하고 싶다는 자가……."

문 너머로 그의 측근이 말을 했다. 아슈레이는 그대로 방을 나가려는 윌프레드의 머리에서 황급히 화관을 거둬들였다.

"……뭘 하는 거지?"

윌프레드가 뒤를 돌아보며 기분 나쁜 듯이 물었다. 그가 이 정도로 꽃을 좋아할 거라고는 생각지도 못했었다.

어쩌면 처음 만났을 때 호수에 그가 나타난 것은 꽃을 좋아하기 때문이었던 걸까. 하지만 윌프레드의 얼굴이나 성격을 감안하면 아무리 생각해도 그가 꽃을 좋아한다고는 생각되지 않았다.

"저기. 듣고 있는 거야?"

느닷없이 생각에 빠져 있던 아슈레이는 황급히 얼버무렸다.

"풀리려고 해서 고쳐 줘야지 싶어서요."

"그런 건가. 그럼 다녀오지. 내가 돌아올 때까지 문 잠그고 있어. 근처에서 만나고 오도록 할 테니. 뭔가 일이 생기면 소리를 질러. 바로 돌아올 테니까."

그는 첼시레인의 왕성에서 아슈레이가 목숨을 위협받았던 일을 신경 써주고 있는 듯 했다.

"네, 그렇게 하도록 할게요. ……고마워요."

그녀가 감사를 표한 후 윌프레드는 방을 나섰다. 대체 누가 그를 만나러 온 것일까. 궁금하게 생각하면서 손에 있는 화관을 내려다보았다. 만들었을 때는 매우 아름다웠던 꽃도 대부분 시들어 있었다. 그것을 하나하나 풀어 물이 들어 있는 유리잔에 장식했다.

꽃도 열심히 살아가고 있었을 텐데, 그리운 마음에 심한 행동을 취하고 말았다.

유리잔에 장식한 꽃을 창가에 두려고 했을 때 윌프레드가 윈스터레이크 왕국의 병사들과 이야기를 하고 있는 모습이 보였다.

그러고 보니 왕성에서 출발하기 바로 전, 딕 왕자에게 불렸던 일이 생각이 났다.

윌프레드는 그를 기다리지 않고 그 소리가 들리지 않는 듯 딕 왕자를 뿌리쳤었다. 일부러 이곳까지 따라온 것을 보아하니 뭔가 심각한 이야기라도 있는 듯했다.

그러자 갑자기 윌프레드는 윈스터레이크 왕국의 병사들을 향해 노성을 지르듯이 말했다.

"거절한다, 이것이 나의 답이다. 냉큼 그 벽창호 곁으로 돌아가."

벽창호…… 라니. 설마 고귀하고 어떻게 봐도 왕자라는 위엄이 있는 딕을 지칭하는 것일까.

"대체 무슨……."

아슈레이가 눈을 크게 뜨고 있자 갑자기 윌프레드가 방을 올려다보고는 화가 난 표정을 지었다.

아무래도 봐서는 안 될 광경이었던 듯하다. 그녀는 황급히 창가를 떠났다.

그 후 바로 윌프레드가 방으로 돌아왔다.

"하아, 목숨이 노려진 지 얼마 되지도 않은 여자가 부주의하게 창가에 서 있지 마. 이곳에 있다는 것을 주변에 알리는 행동이라고."

윌프레드가 화가 난 얼굴로 자신을 바라본 것은 다른 이유가 있었던 듯했다.

생각이 없었던 자신의 행동을 깨닫고 아슈레이는 기가

축 죽었다.

"미안해요……. 앞으로는 신경 쓸게요."

아슈레이는 그렇게 그에게 사과를 하다가, 그가 가만히 한곳을 바라보고 있는 것을 알게 되었다.

"월?"

그 시선 끝을 따라가 보자 그는 화관을 풀어서 유리잔에 장식한 꽃을 바라보고 있었다.

"……말라 버렸기에 물에 넣었어요."

"그런가."

어쩐지 윌프레드가 꼬리를 늘어뜨린 개처럼 보여서 견딜 수 없었다.

"다음번에는 시들어 버리는 꽃이 아니라 모자나 장갑을 만들어줄게요. 어떤 것이 좋을까요."

아슈레이는 어렸을 때부터 레이스 짜기나 자수를 즐겼으며 그 외에도 뭐든지 잘 만들 수 있었지만 특히 모자를 만드는 것이 특기였다.

제레미의 이야기로는 월을 가만히 내버려 두면 화관이 말라 버릴 때까지 쓰고 다닐 것 같다고 했으니, 적어도 그가 사람들에게 이상한 시선을 받지 않을 모자를 만들어줘야겠다고 생각한 것이다.

하지만 꽃으로 만든 것은 아니기 때문에 마음에 들어 하지 않을지도 모른다……. 그렇게 생각하며 물어보았다.

"뭐든지 좋다."

윌프레드는 나직이 중얼거리고는 얼굴을 돌려 버렸다.

"식사를 하고 오지. 너는 방에서 얌전히 있어."

그리고 발걸음을 돌려 방에서 나가고 말았다. 뭐든지 좋다는 말은 아무래도 상관이 없다는 의미로밖에 생각되지 않는다.

부부가 될 관계임에도 아슈레이가 그를 이해하고 가까워지는 데에는 아직 시간이 걸릴 것 같았다.

*   *   *

숙소에서 준비해 준 저녁 식사는 야채를 부드럽게 삶은 크림소스 요리와 빵, 그리고 포도주였다. 소박한 요리이기는 했지만 차례차례 나오는 야채로 만든 식사나 나무 스푼이 신기해서 아슈레이는 매우 맛있게 먹을 수 있었다.

그녀가 행복하게 밥을 먹는 모습을 곁눈질로 보며 윌프레드는 쓴웃음을 지었다.

"너는 어디에서든지 잘 적응할 것 같군."

아슈레이는 부끄러움에 얼굴이 빨개졌다.

"……나쁘다는 말이 아니야."

그는 가만히 아슈레이의 얼굴을 바라보면서 당황한 표정을 지었다. 어쩐지 가슴이 두근두근해진다. 배겨낼 수 없는 분위기였다.

"내일도 빨리 일어날 테니 어서 쉬도록. 먼저 욕실을 써도 상관없어."

"고마워요. 하지만……."

지쳐 있을 테니 윌프레드가 먼저 썼으면 한다고 말을 하
려 한 순간 그녀는 욕실로 쫓겨나고 말았다.

"됐으니까 빨리 들어가."

그렇게 말하고 윌프레드는 소파에 털썩 앉아 닫힌 커튼
쪽으로 얼굴을 돌렸다. 아슈레이도 무심코 커튼을 바라보
았지만 당연히 그곳에는 아무것도 비치지 않았다.

"……? 고마워요."

아슈레이에게 있어서 이렇게 긴 여행은 처음이었다. 긴
시간 동안 마차를 탄 것도 말을 탄 것도 처음 있는 일이어
서, 드레스를 벗어보자 새하얀 다리에 멍이 들어 있었다.
스친 통증에 따뜻한 물이 스며든다. 적어도 승마용 의상으
로라도 갈아입게 해줬으면 좋았을 텐데……. 그렇게 투덜
거리고 싶어진다. 하지만 윌프레드는 조용해진 대성당에서
자신을 구해준 것이다. 불평을 하는 것은 잘못된 것이리라.

긴 시간 동안 말에 타고 있었던 탓인지 아슈레이는 몸이
딱딱하게 굳고 말았다.

따뜻한 물에 몸을 담그자 서서히 긴장이 풀려갔다. 그 기
분 좋은 느낌에 이끌려 높게 하나로 묶고 있던 머리를 풀고
정성스럽게 씻어 내려갔다.

목숨이 노려진 지 얼마 되지 않았기에 이렇게도 느긋한
기분은 오랜만이었다.

월프레드가 자신의 가까이에 있다는 것만으로도 마음이 든든하기 때문인지도 모른다.

게다가 줄곧 고민의 씨앗이었던 노래의 피로도 끝나고, 딕 왕자를 향한 연심도 어느새 옅어져 괴롭게 느끼지는 않게 되었기 때문이었다.

대신에 뇌리를 스치는 것은 월프레드이 정한한 얼굴이나 자신을 힘차게 안아주던 팔의 감촉으로…….

아슈레이는 얼굴을 도리도리 흔들었다. 언니 대신에 자신을 무리하게 끌고 가는 것뿐인 남자에게 호의를 갖다니, 발전이 없는 것이나 다름없다.

사랑 같은 것이 아니다.

"……하아…….”

욕실을 나가면 다시 월프레드와 단둘이 있게 된다.

싫은 것은 아니지만 어쩐지 숨 쉬기 힘든 기분이 드는 것이다.

분명 지쳐 있기 때문일 것이다. 어서 그가 사용할 수 있게 욕실을 비워주지 않으면 안 된다.

그렇게 생각한 아슈레이는 몸에 남은 물방울을 수건으로 닦은 후 나이트가운을 걸쳤다.

이것은 첼시레인의 왕성에서 애용하던 것이었다. 프릴이 달리고 어깻죽지를 넓게 드러냈으며, 가슴 밑이 살짝 조여져 있는 슈미즈 드레스(허리에 이음선이 없이 일직선으로 내려온 폭이 넓은 원피스) 같은 형태를 하고 있다.

아슈레이에게 있어서는 잠자기 쉬운 옷차림이었지만, 오늘 아침의 윌프레드를 떠올리자니 다시 잔소리를 들을 것 같은 기분이 들었다.

"바로 침대에 들어가면……."

스스로에게 그렇게 변명을 하려고 했지만, 어떻게 잠을 자면 좋을지를 그와 다시 이야기해 봐야 한다는 사실이 떠올랐다.

일단 욕실에서 나가면 쏜살같이 모포를 두르자고 생각하며 아슈레이는 벗은 드레스를 한 손에 들고 침실로 돌아가려고 했다.

—그러나.

"꺅!"

문을 열자마자 그 앞을 막고 있는 늠름한 어깨에 부딪혔다.

"……아아. 미안하군. 너무 늦기에 욕조에 빠진 건가, 하고 생각했다."

윌프레드는 아슈레이가 떨어트린 드레스를 주워 올리고는 그것을 의자의 등받이에 걸쳤다.

"고마워요……."

세게 부딪힌 코를 누르며 감사를 표했다.

"뭐. 마음 쓰지 않아도 된다."

하지만 이쪽을 돌아본 윌프레드는 갑자기 미간을 찌푸리고 위엄이 넘치는 얼굴이 되었다.

"어서, 침대에 들어가! 남자 앞에서 외설스러운 차림을 하지 마."

"네? 에에?!"

아까 전까지 아무렇지도 않게 있었던 것은 대체 뭐였던 걸까.

윌프레드의 갑작스러운 변화에 아슈레이는 멍해졌다.

아무래도 윌프레드는 갑자기 부딪힌 영향으로 앞을 보지 못했던 것 같다.

지금에 와서야 아슈레이의 잠옷 차림을 눈치채고 질책을 하고 있다는 것을 깨달았다.

"하지만, 저, 저기…… . 어떻게 잠을 자면 좋을까요?"

이런 좁은 침대에서 두 사람이 나란히 잠을 잘 수는 없는 노릇이다.

"너는 침대에서 자. 나는 소파에서 자겠다."

"어제도 소파에서 잤는데…… ."

이 방의 소파는 왕실에 있는 아슈레이의 방에 있는 것과 달리 일인용으로 매우 좁았다. 자기에 적합한 것으로는 보이지 않는다.

"원정이나 시찰로 노숙하는 것에도 익숙해져 있어. 바닥이라도 상관없다. 나는 괜찮으니까 자."

윌프레드는 그렇게 말을 남기고는 거친 발걸음으로 쑥쑥 욕실로 사라져 버렸다. 살포시 침대에 몸을 뉘어보았다. 역시 매우 좁다. 성인 두 사람이 잠을 자려면 몸을 밀착시키지 않으면 안 될 것이다. 하지만 윌프레드와 몸을 붙이고 잠을 자다니, 할 수 있을 것 같지 않았다.

적어도 등을 마주 하고 눕는다면…….

그렇게 생각하고 몸을 옆으로 돌렸을 때.

모포가 피부를 스치는 감촉에 오싹 하고 몸이 떨렸다.

"……윽?!"

어째서일까? 아슈레이는 머리끝까지 모포를 덮고 작게 웅크리고는 무릎에 팔을 둘렀다. 떨림이 느껴진 듯했지만 감기에 걸린 것은 아닌 듯했다.

고개를 갸웃거리면서도 오늘 밤을 보낼 방법을 생각했다.

"안 돼."

아무리 생각해도 평정심을 유지할 수는 없었다. 하지만 저렇게 좁은 의자나 바닥에서 윌프레드를 재우고, 자신만이 태평하게 침대에서 쉬는 것도 주저되었다.

생각이 줄곧 빙글빙글 맴돌아 깊은 한숨을 쉬었다.

"어떻게 하지…….."

아슈레이가 계속 답을 찾지 못하고 있으려니 끽 하고 욕실 문이 열리는 소리가 들렸다.

"왜 그러지? 감기라도 걸린 건가."

윌프레드가 의아해하는 목소리가 들렸다.

이대로 잠든 척을 할까도 생각했다. 하지만 그래서는 침대를 점령하게 된다.

"저기."

갑자기 모포가 벗겨졌다.

그러자 상반신이 드러난 채로 검은 머리칼에서 물방울을 떨어뜨리며 목에 수건을 두른 모습의 월프레드와 눈이 마주치고 말았다.

적어서 볼에 달라붙은 머리카락이 야성적인 분위기를 자아내고 있다.

볼록 솟은 근육이 아슈레이의 눈동자에 매우 음란하게 비쳤다.

"……꺄아앗!!"

엉겁결에 아슈레이가 소리를 지르자 복도에서 문을 두드리는 소리가 들려왔다.

"전하! 무슨 일 있으십니까?"

아슈레이의 목소리에 놀란 경비병이 야습이라도 일어난 것이라고 착각한 모양이었다.

"아무 일도 아니다. ……부인이 벌레에 놀란 것뿐이다."

월프레드와 아슈레이는 아직 결혼한 관계가 아니다. 갑자기 그런 식의 말을 들어 그녀는 눈을 둥글게 떴다.

"부, 부인……?!"

"앞으로 며칠만 지나면 나의 부인이 된다."

그렇게 말하고 월프레드는 아슈레이를 뒤덮듯이 정한한 얼굴을 가까이 대었다.

"얌전히 있어."

무심코 몸을 굳혔다. 쏘는 듯한 눈빛이 그녀를 내려다보고 있다.

"무, 무슨……."

아슈레이는 꿀꺽 숨을 삼키고는 목소리를 굳히며 물었다. 그러자 젖은 머리칼 그대로 윌프레드가 이마를 눌렀다.

"열은 없는 건가?"

"……읏!"

분명 무슨 일을 당하는 것은 아닐까 하고 경계하고 만 자신이 부끄러웠다.

역시 윌프레드는 아슈레이를 자신의 여동생인지 누구인지와 착각하고 있는 것이 틀림없다.

"사, 사람한테 음란하다든가 단정치 못하다고 말하고는. …… 갑자기 얼굴을 들이대지 말아요."

새빨개진 얼굴로 대답하자 윌프레드는 지금에서야 자신의 행동을 깨달았는지 아슈레이를 떼어내듯이 얼굴을 확 떨어트렸다.

"나에게 다른 뜻은 없다! 알았다면 어서 자."

윌프레드는 그렇게 말하고는 등을 돌리고 난폭하게 자신의 머리를 수건으로 닦으면서 소파에 털썩 주저앉았다.

윌프레드의 이 행동을 보자면 의심스러운 행동을 할 가능성은 낮아 보인다고 생각했다.

"……윌……. 저기……."

주저하는 듯한 목소리로 말을 걸자 그는 다른 쪽을 바라본 채로 대답했다.

"뭐지."

뚱한 목소리에 기가 꺾일 것 같다. 하지만 자신 때문에 윌프레드를 이틀 연속 소파에서 자게 할 수는 없는 것이다.

"침대에서…… 옆에서 자지 않을래요?"

작은 목소리로 그렇게 묻자 윌프레드는 갑자기 숨이 막혔다.

"크헉…… 헉헉……."

"괘, 괜찮아요?"

아슈레이가 걱정스러운 듯이 묻자 그는 번뜩 노려보며 그녀 쪽으로 걸어왔다.

그리고 그녀의 양 손목을 잡고 침대에 밀어 눕혔다.

"……웃?!"

갑작스러운 일에 사고가 정지해 버린 아슈레이는 그저 눈을 크게 뜨고 있을 수밖에 없었다.

"남자를 침대로 유혹한다는, 그런 단정치 못한 행동을 하다니……. 너는 역시 처녀가 아니로군. 남편이 될 남자가 아닌 사람에게 몸을 허락하다니 발칙하도다. 상대의 이름을 대라! 그 녀석을 가만히 두지 않겠어."

갑자기 말도 안 되는 말을 들은 아슈레이는 너무나도 큰 분노로 인해 얼굴이 빨갛게 달아오르며 몸을 부들부들 떨었다.

"바보, 윌 같은 건 정말 싫어요! 매, 매일 소파에서 자면 몸이…… 상할 거라고 생각해서……. 부, 부끄러운 것을 참고…… 말한 건데…….”

처음에는 분노로 인해 노성을 지르고 있었는데, 차츰 분한 감정에 의해 눈물이 차올라 눈꼬리에서 눈물이 흘러내릴 듯이 되었다.

“아, 아닌 건가? ……미안하다.”

아슈레이의 눈물에 윌프레드는 당황한 듯한 모습이었다.

하지만 사과를 한다고 해서 그를 용서할 생각은 없었다. 그녀는 굳게 입술을 다문 채 윌프레드를 노려보았다.

“……읏.”

그러자 갑자기 굳게 닫힌 그의 입술이 아슈레이의 눈꼬리에 닿았다.

“어어…… 엇.”

엉겁결에 이상한 소리를 내고 말았다. 하지만 윌프레드의 입술은 떨어지지 않았다. 그러기는커녕 혀를 내밀고 그녀의 눈가에 맺힌 눈물을 살포시 핥았다.

“나는 너에게 제대로 사과를 했다고. 계속 울지 마.”

그리고 강제적으로 침대에 밀어 눕혔다.

분명 너무나도 놀란 나머지 눈물은 멎어 있었다. 하지만 이번에는 얼굴이 빨개지는 것이 그치지 않았다.

“무, 무, 무, 무…….”

눈앞에는 반라의 남자, 그리고 장소는 침대다. 아무리 남자 경험이 없는 아슈레이라고 하더라도 자신이 지금, 말도 안 되는 상황에 처해 있다는 것은 이해할 수 있었다.

"그렇게 보지 마! 눈을 감아."

그런 말을 듣더라도 무방비하게 눈을 감을 수 있을 리는 없었다.

"……뭐, 뭘 할 생각인 건가요……?"

그녀가 무심코 그렇게 묻자 윌프레드의 얼굴까지 빨개지기 시작했다.

"잠자기 전이니 인사를 하는 게 당연하지 않나."

즉, 그는 이대로 아슈레이에게 굿나잇 키스를 하려는 것 같았다.

"키, 키스만요?"

뇌리에 떠오른 것은 아버지에게 하는 굿나잇 키스였다. 윌프레드는 성실한 남자다. 분명 도리에 어긋난 행동은 강요하지 않을 것이다. 그렇게 자신에게 들려주었다.

"당연하지 않나! 결혼하기 전에 잠자리를 가질 리가 있나. 신에 대한 모독이다."

그렇게까지 말한다면 믿어도 될 것이다.

아슈레이는 떨면서도 눈꺼풀을 꽉 감았다. 그러나 볼에 무언가가 닿는 듯한 기척은 없었다. 대신 윌프레드가 숨을 삼키는 기척이 전해져 왔다.

자신은 인사를 하려고 하는 윌프레드의 기력이 빠지게 만드는 얼굴을 하고 있는 것일까. 불안해하면서도 아슈레이는 그에게 물었다.

"……하, ……하지 않는 건가요?"

"시끄러워, 경박하게 여자 쪽에서 조르지 마! 얌전히 기다리고 있어."

커다란 소리로 대답을 하기에 황급히 입을 다물었다. 그러자 부드러운 감촉이 이마에 닿고는 바로 떨어졌다.

기분 좋은 키스였다. 달아오른 얼굴에 닿은 차가운 감촉이 기분 좋아서 살짝 한숨을 내쉬자 이번에는 볼에 입술이 닿았다.

"아…… 앗."

그것은 퉁명스러운 윌프레드에게서 받고 있다고는 생각할 수 없을 정도로 다정한 키스였다. 안도감으로 인해 아슈레이의 굳게 굳어 있던 몸이 이완되자, 이번에는 갑자기 목덜미에 입술이 닿았다.

"……에……."

그리고 다음에는 귀에 입술이 닿더니, 냄새를 맡듯이 그녀의 머리카락에 얼굴을 묻었다.

"저…… 저기……. 윌프레드……?"

겸연쩍음에 몸을 꼬면서 살짝 눈꺼풀을 열었다. 그러자 열정이 담긴 눈동자가 이쪽을 바라보고 있었다.

"아직 끝나지 않았어. 눈을 감아."

"하지만……."

이미 볼에도 이마에도 키스는 한 것이었다. 인사라면 끝났을 터였다.

"……보고 싶은 건가? 자신이 키스를 받는 곳을……?"

스윽 가늘어진 눈동자를 앞에 두고 몸에 떨림이 느껴져 아슈레이는 황급히 눈꺼풀을 감았다.

"이걸로…… 됐나요……?"

아까 전까지의 무섭지 않았던 윌프레드는 마치 다른 사람인 듯했다.

굳게 눈꺼풀을 감고 침대의 베개에 얼굴을 묻고 있자, 갑자기 윌프레드의 체중이 아슈레이를 덮어와 그의 맨몸이 그녀를 꽉 눌렀다.

"……윽!"

아슈레이의 가슴에 있는 부드러운 두 개의 봉우리에 그의 늠름하고 든든한 가슴 근육이 닿는 감촉에 숨이 멈출 것 같았다.

"눈 뜨지 마."

숨결과 함께 그렇게 속삭이더니 무언가가 입술을 막았다.

"……흐읍……."

—어쩌면.

어쩌면 그녀의 입술에 닿아 있는 것은 윌프레드의 입술인 것은 아닐까.

아슈레이는 확인하고 싶었다.

하지만 눈을 뜬다는, 단순히 그것뿐인 행동이 용기가 나지 않았다.

아슈레이는 그저 입술을 꽉 닿은 채 몸을 굳히고 있을 수밖에 없었다. 그렇게 있는 사이 입술을 덮고 있었던 것이 떨어졌다.

"하앗……."

이걸로 인사는 끝난 것일까? 심장이 격렬하게 고동을 치고 온몸의 체온이 상승한 것 같은 기분이 든다.

남자와 나눈, 첫 번째 키스.

갑작스럽게 일어난 행위에 부끄러움을 감출 길이 없었다. 얼굴을 덮어 버리고 싶을 정도로 볼이나 귓바퀴가 뜨거워져 간다.

윌프레드와의 인사는 심장에 좋지 않아. 그렇게 생각하면서 작게 숨을 뱉으려고 한 순간이었다.

다시 한 번 아슈레이의 허를 찌르며 그녀의 입술이 막혔다.

그리고 치열의 사이를 열어젖히고는 미끈거리는 혀가 그녀의 입안으로 들어왔다.

"……흡, 흐으…… 읍."

미끈미끈한 혀끝이 그녀의 입안을 문지르며 입천장이나 볼의 뒤편, 그리고 잇몸에까지 뻗어왔다.

오싹오싹한 감촉에 온몸이 굳어졌다.

"윌…… 흐읏……."

비난의 말을 하려고 했지만 입술이 막힌 채로는 말을 할 수 없었다. 그는 그대로 격렬하게 혀를 얽어 갔다.

"하아……앗, 하아……."

요염하게 입술을 맞대고 문지르고, 각도를 바꾸어 나가면서 윌프레드는 빼앗는 듯한 입맞춤을 계속해 나갔다.

아슈레이의 가느다란 허리에 힘차게 팔을 두르고, 민감한 피부에 닿는 감촉에 그녀는 몸부림을 칠 것 같았다.

"……흐으…… 웃."

뒤섞인 타액을 마시며 아랫입술이 달콤하게 씹히는 감촉에 목구멍이 떨렸다.

"하…… 흐으응……."

아슈레이가 볼을 상기시키며 눈을 뜨고 끈적한 눈빛을 한 윌프레드에게 눈을 향했을 때. 그가 갑자기 아슈레이의 몸을 잡아 당겼다.

"……윌……?"

뇌가 녹아버릴 것 같을 정도로 저릿한 느낌이 온몸에 퍼져 있었다. 좀 더 입맞춤을 하고 싶은 듯한 욱신거림을 느끼고 아슈레이의 입에서 자연스럽게 애절한 목소리가 흘러나왔다.

그러자 윌프레드는 숨을 삼키고는 바로 얼굴을 돌려 버렸다.

"……끝이다! 이제 자. 바로 자는 거다. 됐으니까 아침까지 얌전하게 있어!"

마구 말하는 듯이 호통을 치고 있었지만 키스를 한 것은

윌프레드 쪽이었다.

어째서 혼이 나야 하는 것일까.

"……잘 자요."

고개를 축 숙이며 침대에 눕자 이어서 윌프레드가 곁에 몸을 눕혔다.

—그렇다, 상반신을 드러낸 채로.

"이대로 자지 말아요. 부탁이니, 빨리 뭔가를 입어 줘요."

비명을 지를 것 같은 것을 참으며 아슈레이가 호소했다.

"바지를 입고 있잖아. 평소에는 아무도 몸에 걸치지 않고 잔다고. 조금쯤은 양보해."

하지만 윌프레드는 그렇게 말하며 움직이려고 하지 않았다.

즉, 전라가 아닌 것만으로도 다행이니 아슈레이에게 감사를 하라는 말이었다.

"내게는 경박하다느니, 발칙하다느니 하는 말을 잔뜩 했으면서……."

윌프레드에게 등을 돌리며 불평하자, 갑자기 그가 그녀의 허리에 팔을 두르며 몸을 밀착해 왔다.

"……읏!"

숨이 멈추지 않은 것이 신기할 정도였다.

"이런 것은 신경 쓰지 않아도 되는데. 내 맨몸이 발칙하다고 말하고 있는 거라면……. 너, 욕정에 사로잡힌 건가?"

그런 문제가 아니다. 도덕의 문제다.

"월도 참!"

그런 말투로는 호수나 오늘 아침 소파에서 월프레드가 아슈레이에게 흥미를 갖게 되었다는 의미로밖에 들리지 않는다.

"내가 너에게 욕정을 품었는지 어떤지를, 그렇게 알고 싶은 건가?"

그렇다고 대답을 한다면 분명 잠들 수 없게 될 터이고, 그가 아니라고 대답한다 해도 충격을 받을 것 같은 기분이 들었다.

"……듣고 싶지 않아요……. 잘 자요."

그것만을 말하고 아슈레이는 눈을 꼭 감았다.

"듣고 싶어지면 말해. 뭐든지 대답해 줄 테니. ……잘 자라고."

웃음기 섞인 목소리가 들려온 후, 뒤에서 두른 그의 팔이 움직여 가슴의 봉우리를 움켜쥐었다.

"……읏! 어, 어디를 만지는……."

눈을 크게 뜨면서 아슈레이는 쉰 목소리로 물었다.

그러자 느긋한 목소리가 들려왔다.

"배 아니야?"

"거긴 가슴이에요!"

울 것 같은 기분으로 답변을 했다. 그러자 월프레드의 손은 그대로 굳어버린 듯이 움직이지 않았다.

"뭐라고?! 너, 드레스에 뭐라도 넣은 건가?"

너무나도 실례되는 말이다. 누워 있는 탓에 옆으로 살이 흘러내려 가슴이 작게 느껴지는 것인지도 모르겠지만, 제대로 된 봉우리가 있는 것이다.

아무리 가슴이 커다란 여성이라고 해도 누워 있다면 가슴이 작아지게 된다.

윌프레드는 그런 것도 모르는 듯했다.

"배…… 배는 이쪽이에요. ……알았으면 놔줘요……."

그렇게 말하고 아슈레이가 자신의 하복부로 그의 팔을 비켜놓자 커다란 손바닥이 탐색하는 것처럼 배꼽 주변을 기어다니기 시작했다.

"……흐으……읏, 마, 만지지 말아요……."

숨이 차오를 것 같으면서도 아슈레이는 열심히 호소했다.

"으, 음란한 소리 내지 마."

"……마, 만진 건…… 윌이잖아요."

"네가 만지게 했잖아."

돌아온 대답에 아슈레이가 울컥하면서 뒤를 돌아보자, 생각지도 못했을 정도로 가까운 곳에 윌프레드의 얼굴이 있었다.

"……읏."

서로 눈이 마주치자 말없이 숨을 들이켰다.

"빨리 자."

그가 쌀쌀맞게 얼굴을 휙 돌려 아슈레이는 분함에 눈을 꼭 감았다.

윌프레드가 곁에 있다고 해도 그녀는 전혀 신경이 쓰이지 않는다고, 그가 생각하게 하고 싶었다.

"잘 자요."

그렇게 아슈레이가 두근거리면서도 평정을 가장하고 꽉 눈을 감고 있자, 볼에 입술이 닿았다.

"……!"

무심코 눈을 뜰 뻔했으나 그것을 예측한 것인지 윌프레드가 질책을 했다.

"일어나지 마. 자라고."

무리한 말은 하지 말아주었으면 한다. 그렇게 반론하려고 했지만 이번에는 입술을 빼앗겨 버렸다.

"……흐응……. 흡……."

뜨겁게 젖은 긴 혀가 입안에서 음란하게 꿈틀거렸다.

"단순한 인사다. 너는 신경 쓰지 말고 어서 자."

"후우…… 하아……."

느끼기 쉬운 혀 위나 위턱 주변을 핥는 감촉을 참으면서 아슈레이는 호흡이 흐트러졌다. 이런 상황에서 잠을 잘 수 있을 리가 없다고 생각하고 있었는데, 그의 따뜻한 품속에서 어느새 그녀는 잠에 빠져들었다.

제3장
대역 신부

"이제 그만 토라진 걸 풀라고. 아슈레이."

마차의 밖에서 말에 올라탄 월프레드의 목소리가 들렸다. 하지만 아슈레이는 대답을 하려 하지 않았다.

아직 오늘 아침의 일이 뇌리에서 떠나지 않았기 때문이었다.

"……그, 그런…… 잠꼬대라니……."

볼이 붉어지는 것을 멈출 수 없다. 울상이 된 얼굴로 아슈레이는 오늘 아침의 일을 떠올렸다.

눈을 뜨자 그가 아슈레이에게 팔을 두른 채였지만, 거기까지는 좋았다.

하지만 그녀의 나이트가운이 말려 올라가 있었으며, 한

쪽 손으로는 가슴을 움켜쥐고 다른 한쪽 손으로는 손가락으로 다리를 더듬고 있었다면 이야기는 다르다.

깊이 잠이 들었으니 잠꼬대를 하고 있던 것은 이해할 수 있지만, 아무리 그래도 무의식중에 그런 상황이 될 수 있느냐는 말이다.

아슈레이는 그때 황급히 몸을 일으켰다. 그리고 말려 올라간 나이트가운의 흐트러진 부분을 정돈하고 윌프레드의 따귀를 때렸다.

"……읏?!"

잠을 자고 있는데 갑자기 볼에 충격을 받은 그는 눈을 희번덕거렸다. 그래서 그는 어째서 아슈레이가 화를 내고 있는 건지 알지 못한 채 있는 것이다.

"말하고 싶은 것이 있다면 감추지 말고 말해. 너의 무뚝뚝한 얼굴 때문에 분위기가 안 좋아져."

이런 말까지 들어서는 가만히 있을 수는 없다.

아슈레이는 다음번 쉬는 시간 때 마차에서 내려, 윌프레드에게 오늘 아침에 있었던 일을 귓속말로 전했다.

"……그, 그런 단정치 못한 짓을 내가 할 리가 없다!"

얼굴이 새빨개져 동요하는 윌프레드의 앞에서 아슈레이는 입술을 뾰족였다.

"정말이에요, 거짓말 같은 건 하지 않았다구요."

거짓말쟁이 취급을 받은 아슈레이는 분함에 눈동자를 적셨다.

"어이. ……어째서 눈이 촉촉해지는 거야?! 기다려, 성급하면 안 돼. 나 때문에 울면 안 돼."

윌프레드는 초조한 듯이 무릎을 꿇었다.

"무, 무슨……?"

이번에는 아슈레이가 당황할 순서였다.

"미안했다. ……아침의 무례를 사죄하지. 부디 용서해 줘."

그리고 그녀의 손을 잡고, 마치 충성이라도 맹세하는 듯이 손등에 입맞춤을 했다. 그다지 그렇게까지 할 필요는 없는데.

아슈레이가 멍하니 있자 주변의 부하들이 떠들어 댔다.

"전하. 사죄를 하지 않으면 안 될 일을 하신 겁니까."

"술집에서 여자에게 술도 따라 받아본 적이 없는 전하가 드디어?! 축하할 일로군요."

어젯밤은 자기 전에 '굿나잇 키스'를 했을 뿐이다. 이렇게 소동을 피워서는 이상한 억측을 부른다.

"부탁이니, 이제 그만해요."

눈앞에서 무릎을 꿇고 있는 윌프레드를 일으켜 세우려고 하자 그는 고개를 갸웃했다.

"용서해 주는 건가?"

"이제 화나지 않았으니까. ……어서 일어나요."

이렇게 부끄러운 상황에 처할 바에야, 화를 내지 말고 기억을 가슴속 깊은 곳에 담아 두는 편이 낳았을 것이다. 아슈레이는 그렇게 후회할 수밖에 없었다.

"고맙군. ……그렇게 음란한 행동을 한 나를 위해서……. 너는 다정한 여자다."

부하들은 윌프레드의 말에 귀를 기울이고 있었던 듯, 중간에 점점 주변의 분위기가 끓어올랐다.

"아, 아니……."

머리를 획획 옆으로 흔들며 아슈레이는 오해를 풀려고 했다.

"……아닌가? 역시 서약도 교환하지 않은 몸으로 맨몸을 만진 나를 용서해 주지 않는 건가."

누군가 이 사람의 입을 막는 방법을 가르쳐 주었으면 좋겠다.

아슈레이가 아무리 한탄을 해도 윌프레드는 사죄라는 이름의 능욕을 멈추지 않았다.

"너의 피부는 달콤해서 빨려들어 간다. 나는 그 짐승과도 같은 본능에, 욕망에 몸을 맡겨 버린 것이 틀림없다."

무릎을 꿇고 새파래진 윌프레드를 조용히 바라보고 있던 그의 소꿉친구 제레미가 고개를 갸웃했다.

"미수죠? 이 말로 봐서는?"

"그, 그래요……. 그러니까 모두들 오해를……."

어떻게든 해주었으면 좋겠다고 호소하는 듯한 아슈레이에게 제레미는 미소를 지으며 대답했다.

"음. 재미있으니까 내버려 두겠어요. 대신에 즐겁게 해

준 관람료는 지불하도록 하죠."

그는 도와줄 생각이 없는 것 같았다.

"그런……."

수상한 모습으로 도망칠 곳을 찾는 아슈레이에게 윌프레드가 매달렸다.

"나를 기분이 풀릴 때까지 때려도 좋다. ……너의 그 손으로 마음대로 해줘."

아슈레이는 그를 때리기보다도 지금 당장 양손으로 그 입을 막고 싶었다.

*   *   *

아슈레이는 활기찬 일행에게 둘러싸여 마셜로트 제국의 수도까지 여행을 계속했다. 그리고 저녁에는 첫날과 마찬가지로 그와 침대에서 함께 잠을 자게 되었다.

물론 굿나잇 키스는 빼먹지 않았다. 하지만 윌프레드는 첫날 과하게 한 것을 반성한 것인지 딥 키스를 하려는 행동은 하지 않았다.

깃털 같은 가벼운 키스를 눈꺼풀이나 볼에 할 뿐이었다.

어쩐지 부족한 듯한 기분을 품고 잠들기를 여러 날.

드디어 마셜로트 제국의 수도에 도착했다.

궁정의 밖에 펼쳐진 거리를, 마차의 외부를 바라보고 있자 마치 첼시레인과는 다른 세계 같았다.

거리의 중앙에는 높은 시계탑이 있고 근처에는 장엄한 대성당이 세워져 있다.

다양한 가게가 줄지어 서 있어 쇼윈도에는 맛있어 보이는 과자나 선명한 색깔의 드레스나 코트, 구두나 가방이 걸려 있었다. 또한 카페나 빵집, 정육점 같은 다양한 가게들이 늘어서 있어 활기찬 모습을 보이고 있었다.

이것이 대국의 거리로구나 하고 아슈레이가 놀라 있으려니, 일행은 높은 담으로 둘러싸인 궁전의 부지 안으로 향해 갔다.

마셜로트 제국의 궁전은 상상한 것보다도 훨씬 컸다.

산간에 세워진 첼시레인 영세중립국의 왕성은 새하얀 벽으로, 그림책에 나오는 성이 튀어나온 것처럼 사랑스러웠지만 이곳은 전혀 달랐다.

타국에서의 침략을 막기 위한 견고함이 있었으며, 중후하고 숨쉬기 힘들 정도의 위압감을 띠고 있었다. 담 안에 있는 해자를 빠져나가는 다리를 건너, 몇 개의 연철로 된 문을 지나 가로수 길을 달리자 드디어 궁전의 정문 안쪽의 정원에 도착했다.

궁전은 삼층으로 지어져 있으며 몇 개의 용마루로 이루어져 있었다. 벽이나 지붕에 전쟁의 신의 조각이 새겨져 있는 것이 압권이었다. 그 용마루를 지나는 장소에 원주가 늘어서 있어, 일 층의 창문에는 단단해 보이는 격자가 꽉 끼워져 있었다.

공고함과 우아미를 겸한 궁전이었다.

"여기에서…… 앞으로……."

첼시레인 영세중립국에서 대국으로 시집을 온 역대의 왕녀들은 두 번 다시 조국의 땅을 밟지 못했다.

이 정도로 멀리 떨어져 있는 것 역시 요인일지도 모른다.

차음 본 궁전의 박력에 압도되면서, 아슈레이는 두려움을 느끼지 않을 수 없었다.

＊　　　＊　　　＊

아슈레이는 마셜로트 제국의 궁전에 도착하자마자 몸치장을 정돈하고, 알현실에서 기다리고 있는 왕에게 인사를 하러 가게 되었다.

방에 준비되어 있던 것은 혼례 의상이라고도 착각할 만한 새하얀 드레스였다. 잔뜩 달린 레이스와 윤기 있게 광택이 있는 공단으로 만들어진 드레스였다.

가슴에는 은세공이 입혀진 커다란 사파이어가 장식되어 있고, 귀에는 같은 디자인의 귀걸이를 했다. 그리고 가느다란 팔에는 위쪽 팔까지 올 정도로 긴 레이스 장갑을 끼었다.

스커트는 사뿐히 옷자락이 펼쳐져 있으며, 커다랗게 어깨나 등이 드러나 있었다. 거울을 바라보자 역시 웨딩드레스로밖에 보이질 않았다.

"어머나, 아름다우세요. 잘 어울리세요. 윌프레드 전하도 기뻐하실 거라고 생각해요."

시녀가 그렇게 말하며 칭찬을 했지만, 섬세한 의장의 드레스가 언니인 마리벨을 위해 만든 것이라고 생각하자 답할 수가 없었다.

"왕께서 기다리고 계십니다. 가시죠."

방까지 왕의 시종이 마중을 하러 왔기에 그에게 끌려간 아슈레이는 알현실로 향하게 되었다.

미로 같은 긴 복도를 걸어 2층까지는 천장이 없게 만들어진 대리석으로 조각된 높은 천장의 회랑을 빠져나간 끝에 양문형의 금가루로 된 중후한 새하얀 문 앞으로 안내되었다.

궁전에 도착해서는 한 번도 윌프레드의 얼굴을 보지 못했다.

여행을 함께한 그의 측근이나 종자, 그리고 병사들의 모습도 보이지 않아 아슈레이는 불안감에 눌려 찌부러질 것 같았다.

"아슈레이 공주가 도착했습니다."

방문 앞에 서 있던 두 사람의 근위병이 무거운 문을 열자, 반짝반짝 빛나는 샹들리에로 비추어진 실내가 눈앞에 펼쳐졌다.

"……앗."

눈이 부시는 것을 참고 아슈레이는 방으로 살포시 발을

내디뎠다.

안으로 들어가자 방의 안쪽에 있는 대좌에 정교하고 치밀하게 조각된 금색의 왕좌가 있었으며, 검은색 망토를 두르고 금관을 쓴 마셜로트 제국의 왕이 앉아 있었다.

그 가까이에는 금으로 된 장식 띠가 있는 견장이나 은색의 휘장, 소매 기장 등으로 장식된 검은색 성장에 순백의 바지를 입고, 칠흑의 부츠를 신고 있는 윌프레드가 서 있었다.

윤기가 흐르는 흑발을 단정히 정돈하여 반할 정도로 늠름한 모습이었다.

"첼시레인의 이름난 공주인가. 아름답도다."

아슈레이가 가까이 다가가서 인사를 하자 왕은 만족스러운 듯이 고개를 끄덕이며 그렇게 중얼거렸다.

첼시레인의 소문난 공주는 언니인 마리벨이다. 아슈레이는 언니를 대신해서 끌려온 것에 지나지 않는다.

"아, ……아닙니다……. 저기……."

그녀는 왕과 윌프레드의 얼굴을 보며 정정하려고 했다. 그러나 윌프레드는 당연하다는 듯이 왕에게 고개를 끄덕였다.

"네, 그렇습니다. 아버님. 소문대로 아름다운 공주입니다."

평소에는 거만한 윌프레드도 왕을 대할 때는 공손한 말투를 쓰는 것 같았다.

그렇지만 지금은 그것에 놀라고 있을 때가 아니었다.

아무리 자존심에 상처를 입는다고 해도 거짓말을 하는 것은 좋지 않다. 진실은 빠르게 밝혀지는 법이니까.

"명성이 자자한 노랫소리를 들려주지 않겠나? 너무나도 아름다워서 누구나가 마음을 빼앗기고 매우 행복한 마음을 갖게 된다고 하던데……."

아슈레이 같은 음치의 노랫소리를 들려준다면 너무나도 듣기 싫어서 영원히 시간이 멈춰 버리는 것은 아닐까.

하지만 마셜로트 제국의 왕의 명령이다. 두 대국의 온정에 의해 존속하고 있는 첼시레인 영세중립국의 공주인 아슈레이는 거역할 수가 없었다.

"……저라도 괜찮으시다면, 노래를 하겠습니다……. 하지만……."

하지만 자신은 소문의 주인공인 공주가 아니다. 그렇게 말하려고 한 순간 말문이 막혔다.

윌프레드가 자신의 자존심을 위해서 거짓말을 하고 있는데 멋대로 사실을 말하는 것이 주저되었기 때문이었다.

"아버님."

그러자 윌프레드가 왕에게 진언했다.

"공표를 위한 식은 며칠 뒤에 집행하겠습니다만, 저희들은 지금부터 대성당에서 혼인을 할 생각입니다. 노래를 듣는 것은 다음 기회로 해 주십시오."

그러고 보니 아슈레이가 왕 앞에서 노래를 하지 않고 끝나면 되는 것이다.

"무엇을 그렇게 서두를 필요가 있는 것이냐. 두 번이나 맹세를 하지 않아도 될 터인데."

왕이 의아한 듯 물었다. 당연한 일이다.

"아뇨, 시급을 요하는 일입니다."

윌프레드의 시선이 이쪽을 향했다. 어딘가 열기를 띤 눈빛에 아슈레이는 안정되지 않는 기분이 되었다.

"과연. ……너도 드디어 적자로서의 자각이 생긴 것인가."

왕은 마음이 움직였는지 히쭉 입꼬리를 올리더니 나른한 듯이 손을 들어 올렸다.

그것으로 알현은 끝났다는 의미였던지 윌프레드는 아슈레이의 팔을 잡고 알현실 문 밖으로 향했다.

*　　　*　　　*

제단에 선 사제를 제외하고는 단둘이서 진행하는 결혼식은 눈이 팽팽 돌 정도로 순식간에 끝이 났다.

지금 아슈레이의 왼쪽 손에는 다이아몬드가 박힌 은색의 호사스러운 반지가 있었다.

서약의 입맞춤을 나눈 후 혼인신청서에 서명을 마치고는, 윌프레드가 그녀를 자신의 방으로 안아 들고 간 것이다.

새하얀 드레스가 발에 휘감기는 것을 아슈레이는 답답한 심정으로 바라보면서 이곳까지 온 것이었다.

윌프레드는 소문의 미희 마리벨을 손에 넣지 못한 것이 부왕에게 알려지기 전에 아슈레이와의 결혼을 끝내고 싶었던 것이리라.

그렇기에 이렇게 성급한 행동을 한 것이다.

첼시레인에서 이 마셜로트로 향하는 도중, 그와의 마음의 거리를 조금씩 좁혀 나가는 듯한 기분이 들었지만 기분 탓이었던 것 같다. 너무나도 동요한 나머지 무엇도 말하지 못한 채로 아슈레이는 순백의 드레스 모습으로 침대에 눕혀졌다.

성장의 재킷 단추를 열면서 윌프레드는 의아한 듯이 물었다.

"……무슨 일이지. 그 산제물이 된 노예 같은 표정은."

아슈레이는 어지간히 비장한 표정을 짓고 있었던 듯했다. 윌프레드는 어이가 없다는 듯한 모습으로 중얼거렸다.

"방금 전 결혼한 것은 기억하고 있는 건가?"

떨릴 것 같은 것을 참으며 아슈레이는 작게 고개를 끄덕였다.

"기억은 확실한 것 같군. 너는 나와의 결혼을 사제 앞에서 동의했고, 서약서에 서명을 했다. 즉 결혼을 할 의사가 있었던 거지."

윌프레드는 차가운 눈빛으로 아슈레이를 바라보면서 그

렇게 물었다.

"네……."

아무리 도망칠 수 없는 결혼이라고 하더라도 동의한 것은 자신이다. 부부의 행위에서 도망칠 수는 없다. 하지만 잘 차려입은 윌프레드는 다른 사람 같아서, 함께 여행을 했던 그와 같은 상대로 여겨지지 않는다.

그리고 마셜로트 제국의 왕자인 그는 소문의 미희 마리벨을 얻기 위해 첼시레인을 방문했었다는 것을 또렷하게 떠올리게 된 것이다.

그가 원하는 것은 자신이 아니다. 그렇게 생각하자 가슴속에 뻥 하고 구멍이 생긴 듯 쓸쓸했다.

어째서 자신은 마리벨의 절반이라도 좋으니 사람을 끄는 매력을 가지고, 치유하는 힘을 가진 노랫소리를 가지고 있지 않은 것일까.

"……웃."

눈동자의 안쪽에서부터 뜨거워져 올 것 같은 것을 꾹 참았다. 그리고 아슈레이는 눈꺼풀을 감았다. 안기는 것이 의무라면 따를 수밖에 없다.

"저기. 아슈레이."

윌프레드는 그녀의 이름을 부르고는 깊게 한숨을 쉬었다. 그리고 침대에 앉더니 아슈레이의 몸을 안아 올려 자신의 무릎에 앉혔다.

"……저기?"

대체 어찌 된 일일까. 불안한 듯이 그를 엿보았다. 그러자 윌프레드는 아슈레이의 등을 다정하게 문질러 주었다.

웨딩드레스의 등이 넓게 열려 있던 탓에 맨살에 그의 손가락이 닿았다.

아슈레이는 온기에 당황스러워하면서도 고개를 기울였다.

"무서운가? 처음으로 남자를 품에 안는 것은 아프다고들 하더군."

윌프레드는 그녀의 거절을 그녀가 겁을 먹었기 때문이라고 받아들인 것 같았다.

한쪽 손으로 아슈레이의 허리를 안고, 다른 한쪽 손으로는 위로하듯이 등을 줄곧 문지른다.

"네에……."

실은 조금 달랐지만, 무서워하고 있는 것은 분명했다.

아슈레이가 고개를 끄덕이자 그는 가만히 그녀의 얼굴을 바라보고 있더니 탁 하고 이마를 맞부딪혔다.

"급하게 해서 미안해. 곧 익숙해질 테니까 안심해."

곧…… 이라는 것은 무슨 의미인 것일까.

—그것을 물으려고 한 순간.

갑자기 그가 아슈레이의 입술을 빼앗겼다. 새가 쪼는 듯한 입맞춤, 부드럽게 부풀어 있는 아슈레이의 입술을 달싹지근하게 깨물더니 윌프레드는 쉰 목소리로 속삭였다.

"힘을 빼. 나는 너에게 상처를 입히지 않아. 부드럽게 만져주지."

아슈레이는 마셜로트 제국의 궁전에 갓 도착했을 뿐이
다. 그럼에도 마치 작업대에 실려 가는 것처럼 담담하게 결
혼을 하고, 몸을 바치라고 하는 것은 너무한 일이 아닌가.

"……기…… 다려……."

적어도 마음의 준비 정도는 하게 해주었으면 했다. 그렇
게 호소하려고 한 아슈레이에게 윌프레드는 비난 같은 것
은 하게 놔두지 않겠다는 듯이 깊은 입맞춤을 해 왔다.

"흡……. 흐응……."

행위가 계속될 것 같은 불안감에 도망치려는 아슈레이의
혀가 그녀의 입안에서 그와 얽혀 강하게 빨아올려졌다.

철썩철썩하고 타액을 섞는 점착질의 물소리가 심하게 귀
에 울린다.

음란한 입맞춤에 아슈레이의 숨이 거칠어지기 시작한 순
간, 갑자기 웨딩드레스의 호크가 풀리며 가슴을 덮고 있던
부분이 팔랑 떨어졌다.

"……흐응, 웃."

그것을 눈치챈 아슈레이는 몸을 비틀어 도망치려고 했지
만 이번에는 코르셋의 끈까지 풀려 버렸다.

가슴을 감추는 코르셋까지 사라지자 부드러운 봉오리가
드러났다.

"며칠 전 우연히 닿았을 때는 배인지 가슴인지 알 수 없
는 신체를 하고 있었던 기분이 드는데, 이렇게 훌륭한 것을

어떻게 감추고 있었던 거지……."

윌프레드가 말끄러미 쳐다보자 아슈레이는 무심코 그를 노려보았다.

"실, 실례에요……. 누워 있으면 작아지는 걸요! 가슴과 배를 착각하는 쪽이 이상해요."

필사적으로 호소했지만 그는 아슈레이의 가슴에 시선을 못 박고는 그녀의 말을 전혀 듣지 않았다.

"……호오. ……부드러운 것이로군. 재미있어."

아슈레이의 허리를 둘러싸고 있던 윌프레드의 손이 그녀의 가슴에 닿았다.

사람의 손으로 직접 가슴이 문질러진 것은 태어나서 처음 있는 일이었다. 아슈레이는 엉겁결에 몸을 굳혔다.

"싫……. 싫……. 놔줘…… 요."

그는 부드러운 감촉을 확인하듯이 가슴을 꼭 쥐었다.

"옷을 입으면 야위어 보이는 타입인 건가. 이렇게 클 거라고는 생각하지 못했었다."

손바닥을 펴고 거칠게 가슴을 움켜쥐자 아슈레이는 싫다는 뜻으로 몸을 비틀었다. 하지만 윌프레드의 손의 움직임은 이윽고 완급을 더하며 음란해져 갔다.

"……내가 맨발로 있었던 것만으로, ……사, 사람을 음란하다고 했으면서……."

너무 제멋대로인 것 아닌가.

아슈레이는 그렇게 그를 비난했다. 그러나 그는 시끄럽

다는 듯이 그녀의 발그스름한 돌기를 잡더니 쭉 잡아당겼다.

"……아흐, 으……."

아픔과 욱신거림을 섞은 감촉이 몸 여기저기를 돌아 엉겁결에 쉰 헐떡거림이 흘러나왔다.

"너는 나와의 결혼 서약서에 서명했다. 자신의 것을 만지는 데 허가 따위는 필요 없다. 무엇을 하던지 자유다."

윌프레드는 오만한 선언을 했다. 그리고 주무르고 있지 않고 있던 아슈레이의 반대쪽 가슴에 얼굴을 들이밀었다.

"깨물든 핥든 불만은 말하지 마. 내 마음대로 할 거야."

윌프레드는 그렇게 말하고는 아슈레이의 유두를 물고 강하게 빨아올렸다.

그러자 흐물흐물해져 있던 유륜의 솜털이 바짝 서고, 중심에 있던 딱딱한 돌기가 부풀어 올랐다.

"흐…… 웃. 흐응……. 하…… 아앙……."

그리고 아까 전 선언한 말처럼 딱딱하고 뾰족해진 유두를 달짝지근하게 깨물었다.

"……아, 안…… 돼……. 흐으…… 웃."

열심히 호소해 보았지만 그는 행위를 멈추지 않았다.

윌프레드는 빨갛게 떨리는 음란한 돌기를 입안으로 바싹 당겨 올려 유륜이나 젖가슴까지 혀로 핥기 시작했다.

"살짝, 짜네."

그가 쿡 웃자 아슈레이는 수치심에 볼이 빨갛게 되었다.

코르셋을 입은 채로 결혼식을 한 뒤이니 땀을 흘린 듯했다.

부끄러움에 그의 얼굴을 잡아떼어 내려 했으나 그는 더더욱 강하게 피부를 빨아 올렸다.

"하지만 정신없이 빠져드는 향기다. ……은은하게 달콤해서 멈출 수가 없어."

하아…… 하고 한숨을 쉬는 윌프레드의 숨 쉬는 소리마저 매우 음란하게 귀에 와 닿았다.

"모, 목욕을…… 하게 해주세……."

아슈레이가 윌프레드에게 호소했다. 그 목소리는 부끄러움에 떨리고 있었다.

"이대로도 괜찮아. 구석구석 핥아주지."

농담임에 틀림없다. 그렇게 생각하고 싶었다. 하지만 윌프레드의 눈동자는 진지함 그 자체였다.

"어, 어째서……?"

어째서 그런 모욕을 받지 않으면 안 되는 것인지 아슈레이는 이해가 가질 않았다.

"제레미가 말했다. 여자는 온몸을 남기지 않고 애무해서 은밀한 부분을 흡족할 정도로 부드럽게 적셔야만 어떻게 안든지 상관하지 않는다고."

제멋대로인 그의 친구로부터의 조언에 아슈레이는 멍해졌다. 그녀도 미경험인 것이다. 어떻게 해야 좋을지 알 수 없었다. 하지만 어딘가 틀린 것 같은 기분이 들었다.

윌프레드의 성실하고 정직한 성격은 호감이 가지만, 이

럴 때까지 사람의 말을 그대로 믿지는 말아주었으면 싶다.

아슈레이는 숨을 삼키고 입을 다물었다. 하지만 이대로
라면 윌프레드의 혀로 온몸을 애무받게 될 것이다.

성실한 윌프레드인 것이다. 분명 거울을 닦듯이 반짝반
짝 아슈레이의 몸을 혀로 닦을 것이 분명했다.

"……핥, 핥는 것은…… 싫어…… 요."

눈물을 지으며 아슈레이가 열심히 호소했다. 그러자 그
는 울컥한 듯한 모습으로 이쪽을 바라보았다.

"어째서지. 내 혀가 마음에 들지 않는 건가."

윌프레드는 어째서 아슈레이가 싫어하는 것인지 이해하
지 못한 듯했다.

부끄럽기 때문인 것이 당연하지 않는가. 하지만 아무렇
지도 않아 보이는 그에게 그것을 말하는 것은 분했다. 아슈
레이는 다른 말로 얼버무렸다.

"……간지러워서……."

그러자 윌프레드는 시시하다는 듯이 콧방귀를 뀌었다.

"그거라면 강하게 빨아주지. ……봐, 이렇게 하면 간지
럽지 않겠지."

그렇게 말하고 목덜미에 얼굴을 묻고는 따끔 하고 아픔
이 느껴질 정도로 강하게 빨아올렸다.

"싫……. 아파요."

입술이 떨어졌음에도 아직 그 장소가 저릿한 듯한 느낌
이 든다.

"불평만 말하지 마. 조금쯤은 참으라고."

월프레드는 부드러운 가슴의 봉오리의 감촉을 즐기는 듯이 손가락을 움직이면서 끈적거리는 혀로 목덜미를 핥아올리기 시작했다.

"⋯⋯흐으⋯⋯."

간지러움과 안달이 난 것 같은 욱신거림이 온몸을 지나쳐 피부가 전율했다.

아슈레이는 분한 듯이 월프레드를 바라보고는 그의 목덜미에 얼굴을 가까이 댔다.

"⋯⋯무슨 행동이지."

의아한 듯이 말하는 목소리를 무시하고 아슈레이는 그의 목덜미를 살짝 혀로 핥았다.

"⋯⋯웃!"

깜짝 놀란 늠름한 몸이 긴장한 것이 전해져 왔다.

생각한 대로였다. 월프레드 역시 사람의 혀로 핥으면 간지러운 것이다. 그 사실을 깨달은 아슈레이는 다음으로 그의 목젖 쪽에 입술을 대고는 쓰읍 하고 강하게 빨아올렸다. 그러나 쉽게 흔적이 남지 않았다.

키스 마크를 남기는 데는 피부 타입도 관계가 있는 것인지도 모른다.

"⋯⋯으⋯⋯ 읍. ⋯⋯흐, 응⋯⋯!"

분해서 필사적으로 월프레드의 피부를 빨아들였다. 하지만 그리 간단히 흔적이 남지는 않았다. 정신없이 빨아들이고 있자, 갑자기 자신의 몸이 들어 올려졌다.

"어……?!"

그리고 시트 위로 엎드려 눕혀졌다.

"저, 저기……."

갑작스러운 상황이 이해가 가지 않아 눈썹을 깜빡거리고 있으려니 뒤에서 윌프레드가 뒤덮어 왔다.

"아까까지는 오늘은 안지 말아주었으면 한다고 말했던 기억이 나는데. 갑자기 마음이 바뀐 건가?"

아슈레이는 고개를 옆으로 흔들흔들 저으며 부정했다.

그 기분은 거짓이 아니다.

"안기고 싶지 않은데 남자를 자극하다니 어쩔 셈이지?"

갑자기 드레스 자락이 말려 올라가 동그란 엉덩이와 비단 스타킹을 신은 다리가 드러났다. 매끈한 모양의 얇은 면지를 가터벨트로 치켜 올려 허리에 두르고 있었지만, 다른 것은 아무것도 입고 있지 않았다. 다리를 벌리면 모든 은밀한 부분이 보이게 된다.

"……싫…… 어. 젖히지 말아요……. 보여 버려……."

필사적인 호소에도 불구하고 강한 힘으로 다리가 벌려졌다.

"아앗!"

정신을 차려보니 촉촉하게 젖어 있던 은밀한 부분이 차가운 공기에 드러나 부들부들 떨리고 있었다.

"……안이한 행동을 하면…… 억지로 덮쳐 버리게 된

다고."

무서운 선언에 아슈레이는 황급히 사죄했다.

"미안해요……. 이…… 이제 안할 테니까……. 용서해
줘요……."

당치도 않은 모습에 주눅이 든 아슈레이는 흐느껴 우는
듯한 목소리로 호소했다. 부추길 생각은 없었다. 그저 조
금. 분해서 윌프레드에게 앙갚음을 하고 싶었을 뿐이었는
데.

"이런, 음란한 속옷을 입고 있으면 용서하고 말고 할 것
도 없지."

가터벨트의 끈을 튕기자 툭 하고 고무가 허벅지에 튕겼
다. 미미한 통증이 피부에 느껴져 엉겁결에 허리를 들 뻔했
다.

"시녀가…… 입혀준 것뿐이에요……. 다른 것을 바라고
있던 게 아니라……."

필사적으로 봐달라고 했지만 그는 스타킹을 벗기고 둔부
의 살을 어루만지기 시작했다.

아슈레이의 허벅지에서부터 살포시 곡선을 그리는 엉덩
이까지의 부드러운 살을 윌프레드의 커다란 손바닥이 문지
르자 움찔움찔 하고 몸이 튀어 올랐다.

"꺄…… 앗……. 싫어……. 만지지 말아요……."

무릎까지 오들오들 떨리고 있는 탓에 레이스를 잔뜩 달
아 만든 순백의 드레스가 침대 위에서 위아래로 움직였다.

"안기는 것을 바라지 않는데 내가 조금 만진 것만으로도 엉덩이까지 느끼는 건가."

엉덩이를 배회하고 있는 손바닥이 이윽고 갈라진 틈 사이로 뻗어가자 은밀한 곳의 중심에 있는 꽃잎 같은 돌기가 잡혔다.

"……느끼는 것이 아……. 달…… 라, 아, 아이."

"다르지 않아."

그대로 동글동글하게 짓이기는 듯이 문지르기 시작하자 그녀는 어쩔 도리 없이 몸부림을 치기 시작했다.

"하, 아아앙……! 거기…… 문지르지…… 말아…… 요."

그가 그녀의 예민한 돌기를 애무하자 끈적거리는 점착질의 액이 입구에서 차례로 배어 나왔다.

"여기도 저기도 전부 쉽게 느끼는군……. 여자의 몸은 누구나 이런 식으로 음란한 것인가? 아니면 너만 이렇게 느끼는 건가?"

껍질이 벗겨지고 딱딱하게 부풀어 오른 그녀의 꽃술을 윌프레드가 그의 손가락 안쪽으로 호를 그리는 것처럼 뭉개고는 문질렀다.

"싫어……. 하, 하아…… 앙……. 몰라요……. 나는…… 음란하…… 지…… 않……."

뜨거운 숨을 내쉬면서도 아슈레이는 필사적으로 호소했다.

누구에게도 만져진 적이 없는 깨끗한 몸이었다. 그런 식으로 칭해질 이유는 없다.

"이 몸이 다른 여자보다 음란한 것이 아니라면 세상의 남자는 모두 음탕함에 빠져들어 넋이 나가 있을 거라고."

울화통이 터진다는 듯이 윌프레드가 중얼거렸다.

자신이 무슨 잘못을 저지른 것일까……. 그렇게 생각한 아슈레이의 눈동자가 더욱 젖어들었다.

"조금 만진 것만으로도 빠져들 것 같다. 할아버지께서 첼시레인의 왕녀를 신부로 맞이할 생각이라면 조심하라고 했었던 것이 이런 것이었나. ……분명 이것은…… 위험하군."

무엇이 위험하다고 하는 것일까. 아슈레이는 전혀 이해가 가지 않는 이야기였다.

할머님의 언니가 마셜로트 제국으로 시집을 갔다는 이야기는 알고 있었다. 남편인 왕에게 사랑을 받아 행복하게 살았다고 전해 들었다. 그 이야기의 어디에 문제가 있다는 것일까?

"위험……?"

당황한 아슈레이가 뒤를 돌아보려고 했을 때.

갑자기 허리가 잡히고는 윌프레드의 쪽으로 잡아당겨졌다. 아슈레이는 황급히 얼굴을 돌리고 시트에 꽉 달라붙었다. 그러자 뒤에서 바지의 버튼을 열고 옷을 벗는 마찰음이 들려왔다.

윌프레드가 자신의 것을 드러내려고 한다는 것을 눈치챈

아슈레이는 부들부들 떨기 시작했다.

"……어…… 싫어…… 요. 무서워…… 요. 이……
제…… 절대로, 하지 않을 테니까……. 용서해 줘요……
윌……."

그녀가 흐느끼며 호소하자 의외의 말이 돌아왔다.

"울지 마. 오늘 안을 생각은 없어."

"네……?"

아슈레이는 그저 멍하니 눈을 커다랗게 뜨고 있었다. 그
러자 윌프레드는 자신의 그것을 그녀의 부드러운 허벅지에
끼워 넣고 다리를 오므렸다.

"아…… 앗……."

안쪽 다리의 사이에 지금까지 본 적 없는 형태의 것이 끼
워진 아슈레이는 어쩌면 좋을지 알 수 없었다. 그저 손가락
이 하얗게 될 정도로 시트를 쥐고 있을 뿐이었다.

그렇게 있는 사이에 천천히 그녀의 다리 사이를 문지르
며 그의 것을 끌어내거나 밀어 올리는 것을 반복하기 시작
했다.

"……싫어……. 움직이지 말아…… 줘요……."

입구에서 흘러나온 점액이 그의 것을 적셔 더욱 음란한
감촉이 전해져 왔다.

"봐, 네 여기가 딱딱해지고 있는 게 느껴져?"

윌프레드는 음란하게 떨리는 그녀의 은밀한 곳에 그의
끝부분을 대고 둥글게 문질렀다. 그녀의 안쪽 다리 사이에

서 남자의 욕망은 뜨겁게 확장하여 머리를 쳐들어갔다.

"……아, 아…… 앗. 하…… 하앙……."

그렇게 두텁게 커진 그의 것이 커다랗게 들어갔다 나오기를 반복했다. 윌프레드가 아까 전까지 손가락으로 만지고 있던 민감한 돌기가 이번에는 딱딱한 칼끝으로 도려내지는 느낌이 들기 시작했다.

남성의 것에 눌리고 있다는 믿기 어려운 상황이다. 그럼에도 그녀의 은밀한 곳을 문지르면 어쩔 수 없이 몸부림을 치게 된다.

"하아……. 하앙……. 흐아…… 아, 하아."

아슈레이는 윌프레드에게 허리가 잡혀 고정된 모습으로 격렬하게 흔들렸다.

피부가 부딪히는 파열음과 침대의 삐걱거리는 소리가 자신의 신음소리에 섞여 귀를 막고 싶어진다.

하지만 아슈레이는 시트에 매달려 있는 것만으로도 한계였다.

드러난 채로 있는 가슴의 돌기가 허리를 부딪칠 때마다 시트에 닿아 한층 욱신거리는 통증이 멈추지 않는다.

"혀로 핥아주면 녹을 것 같이 기분이 좋아진다고 하더군."

이 이상의 쾌감 같은 건 알고 싶지 않았다.

설령 아무리 몸에 느껴지는 욱신거림에 열기가 부추겨진다고 하더라도 그것을 원한다고는 생각하지 않는다.

―그렇게 믿고 싶었다.

"……어 ……그런 건……. 핥아지고…… 싶지 않……."

아슈레이는 풍성하게 파도치는 금발을 마구 흐트러뜨리면서 고개를 흔들어 부정했다.

"너에게 거부할 권리 같은 건 없다고 말했을 텐데. ……오늘 밤은 용서해 주겠지만 내일까지는 각오를 해 두도록. 내일은 너의 몸 전체를 혀로 핥을 거고, 이걸 네 몸에 넣을 테니까."

단 하루 만에 이렇게 커다란 것을 몸 안에 받아들일 마음의 준비가 될 것이라고는 생각할 수 없었다.

"내, 내일요?! ……할 수 없어…… 요. 그, 그런 것……은 무리예요……."

잠자리에 대한 교과서적인 지식은 알고 있었다. 하지만 이 정도로 커다란 것이며, 뜨겁고 음란하게 맥박 치는 것이라고는 생각지도 못 했었다.

받아들일 각오 같은 것은 할 수 없다.

"그렇다면 억지로 할 수밖에."

강제로 몸을 밀어 열겠다는 선언을 듣고 아슈레이는 두려움으로 눈앞이 캄캄해졌다.

"흑…… 흑……."

다시 한 번 눈가에 눈물이 맺히며 흐느껴 울자 윌프레드는 놀란 듯이 중얼거렸다.

"성급하게 행동하지 않고 기다려 주고 있는데 울 일이

뭐가 있는 거지?"

"……흐윽……."

자신의 나라에 데려온 그날 바로 결혼식을 한 후 바로 그
녀를 안으려고 한 남자의 어디가 성급한 행동을 하지 않았
다는 것일까.

유예를 주겠다는 것도 단 하루뿐인 것이다. 윌프레드가
만지기 전까지는 남자에게서 받는 키스조차 알지 못했던
아슈레이가 간단히 받아들이기는 힘든 일임에도 불구하고
말이다.

"나를 처음으로 받아들이게 될 때까지만 참아. 그 뒤로
는 네가 좋을 대로 하게 해주지."

윌프레드는 그녀에게 들려주듯이 그렇게 중얼거린 후 아
슈레이의 몸으로 손을 뻗고는 뒤에서 양손으로 그녀의 가
슴의 봉오리를 움켜 올려 쥐었다.

"앗."

윌프레드가 이어져 있는 채로 그녀의 가슴을 외설스럽게
주무르자 아슈레이는 무의식중에 유혹하는 듯이 몸을 흔들
거렸다. 그의 손가락 사이에 끼워져 있는 돌기의 측면이 문
질러질 때마다 욱신거림이 온몸을 뛰어 돌아다녀 목이 떨
렸다.

"하아……. 하아…… 하아……. 아……. 하앙……."

몸이 몹시 욱신거렸다. 채워지지 않는 욕망에 안달이 난
몸이 점차 뜨거워지고 있는 듯한 기분이 들어 견딜 수 없다.

"네 몸은 어디든 기분이 좋구나……. ……안은 훨씬 기분 좋을 것이 분명해."

그는 도취된 듯한 목소리로 속삭이며 그녀의 이름을 불렀다.

"……아슈레이."

달콤한 목소리에 심장이 고동쳤다. 그리고 쾌감에 떠는 그녀의 은밀한 부분이 철썩철썩 소리를 내며 흔들렸다.

"하…… 앙! 흐응……. 싫……. 그렇게 찌르지 말…… 아 줘…… 요."

열심히 호소했지만 윌프레드의 허리는 멈추지 않았다. 조금 더 흐트러뜨려 주겠다는 듯이 격렬하게 그녀의 다리 사이를 왕복했다.

"안고 싶어. ……어서, 나의 것이 되어라."

윌프레드의 살짝 쉰 목소리가 매우 음란하게 귓가에 닿았다.

"험하게 안지 않을 것이다. 그러니 결심을 하는 거다."

그가 그녀를 원하고 있다는 것이, 잠자리에 대해 잘 모르는 아슈레이조차 알 수 있도록 전해졌다. 귀를 막고 싶어서 참을 수 없다.

아슈레이는 그에게 있어서 대역 신부인 것이다. 그런 목소리를 들려주면 마치 그가 그녀와의 결혼을 바라고 있었던 것처럼…… 아슈레이를 원하고 있는 것처럼 착각을 하게 되어 버린다.

"……후……. 이제…… 싫어……."

알프레드는 그저 처음으로 닿은 여자의 몸에 흥분을 하고 있는 것뿐이다.

그녀의 마음까지 원하고 있는 것은 아닌 것이다.

그럼에도 사랑받고 있는 것은 아닌가 하고 옅은 기대가 가슴에 퍼져나가 사라지지 않는다.

"평생 동안, 내 품속에서 귀여워해 주지."

그렇게 진지한 속삭임을 들었을 때. 몸이 움찔움찔 경련하기 시작했다.

"아, 아아……. 하으…… 으으읏!"

한층 더 높은 헐떡임을 흘린 아슈레이의 뒤에서 그녀를 뒤덮은 알프레드는 한 손으로는 그녀의 허리를 잡고, 또 다른 한 손으로는 그녀의 가슴의 봉오리를 잡고 뒤흔들었다.

"……아아. ……문지른 것만으로도 절정에 달할 것 같군."

딱딱한 그의 끝부분이 움찔움찔 음란하게 실룩거리는 그녀의 은밀한 곳을 몇 번이나 집요하게 희롱한다.

그러자 그녀의 은밀한 곳에서 음란한 액체가 더욱 쏟아져 나왔다.

"……하…… 아…… 아아앙."

아슈레이의 목덜미에 윌프레드가 얼굴을 묻고 코끝을 피부에 문질렀다.

뜨거운 숨결이 민감한 장소에 닿아 부들부들 몸이 떨렸다.

"음란한 몸이다⋯⋯. ⋯⋯네 몸에서 나오는 달콤한 향기가 진해지고 있어. ⋯⋯이건 빨리 안아주길 원하는 여자의 향기가 아닌가."

그런 것은 원하고 있지 않다. 살짝 고개를 옆으로 흔들자 윌프레드는 목 안쪽에서 작게 웃고는 음란한 손놀림으로 허리나 엉덩이를 어루만졌다.

"자, 좀 더 찔러주지. ⋯⋯부러질 것 같은 허리로군. 하지만 엉덩이는 부드러워서 내 취향이야. 나쁘지 않아."

그리고 잘게 떨리는 그의 것을 흔들어 세워서 아슈레이의 쾌감을 한층 더 부채질했다.

"⋯⋯흐⋯⋯ 읏. 하⋯⋯ 하앙⋯⋯. ⋯⋯하아⋯⋯ 하아⋯⋯."

다리 사이에 끼워 넣어진 그의 것이, 그의 손바닥이, 그의 숨결이, 그가 닿아 있는 자신의 등이 뜨거워서 견딜 수가 없었다.

음란하게 숨을 흐트러뜨리며 세게 흔들리는 몸을 참으려고 했지만 할 수 없었다.

"하아앙, 하아아, 아아⋯⋯ 앗!"

흔들흔들 허리를 흔들고 머리를 뒤로 젖히며 아슈레이는 비명과도 닮은 소리를 질렀다.

몸의 안쪽에서 뜨거운 것이 치밀어 올라 그녀의 은밀한 부분을 꽉 조였을 때.

뜨거운 물보라가 하복부와 다리 사이에 뿜어져 나왔다.

"……아, 하아……."

남자의 체액 향기가 느껴졌다. 걸쭉하고 뜨거운 새하얀 액체가 비칠 것 같이 새하얀 그녀의 피부 위로 떨어졌다.

"하아…… 아앙……. 하아…… 앗."

아슈레이가 녹초가 되어 침대로 쓰러지자 갑자기 몸이 위를 향해 돌려졌다.

"……?"

허리에 휘감겨 있던 웨딩드레스에 엄청나게 열기가 깃들어 있어 체온이 내려가질 않는다. 의식이 흐려진 채로 아슈레이는 단정치 못하게 누워 있었다.

그러자 윌프레드는 그런 그녀의 가슴을 거리낌 없이 움켜쥐었다.

"……무, 무슨……."

둔한 아슈레이도 이변을 감지하고 윌프레드의 머리를 밀어내고 떨어지려고 했지만 그에게 힘으로 이길 수는 없었다.

"아직 부족하다. ……빨게 해줘. 얌전히 있지 않으면 안 아버리겠어."

그런 협박을 받으면 저항할 수 있을 리가 없다.

"그런……."

아슈레이는 시키는 대로 행동할 수밖에 없었다.

그렇게 윌프레드는 음란한 소리를 내며 아슈레이의 유두를 핥기 시작했다.

"하으…… 웃, 싫어……. 그렇게 빨면 부풀어 버……."

망측하게 부풀어 오른 그녀의 돌기를 그는 혀로 핥은 후 빨고는 이를 세웠다.

몸부림을 치는 아슈레이를 바라보며 윌프레드는 숨을 흐트러뜨리면서도 그녀의 가슴에 있는 돌기를 집요하게 계속 희롱했다.

"하아……. 참을 수가 없군. 이렇게도 남자를 유혹하는 수상쩍은 것을 바라보고 있자니, 절정에 달한 지 얼마 되지도 않았는데 다시 서버릴 것 같군."

감개가 깊은 듯이 그가 그렇게 중얼거리자 아슈레이는 수치심에 얼굴이 새빨개지며 호소했다.

"놔, 놔줘…… 요. 바보, 월은…… 야해요……."

그의 얼굴을 손으로 두들기며 저항하려 했다. 하지만 방해라는 듯이 그는 한쪽 손으로 아슈레이의 양 손목을 구속하여 그녀의 머리 위로 꽉 눌렀다.

"자신의 것을 만지는데 비난을 받을 이유는 없어."

아슈레이의 몸은 그녀 자신의 것이다. 하지만 윌프레드는 그 이치를 알지 못하는 듯하다.

"흐…… 흐으…… 웃. 가슴…… 욱신…… 거려서, …… 이상하게 되어 버려……."

화를 내도 소용없다는 것을 안 아슈레이는 이번에는 울음을 터뜨리려고 했지만 그는 이야기를 듣지 않았다.

"……하지만 이건 재미있군……. 계속 만지고 싶어져."

그는 아슈레이의 가슴을 탐내듯이 자신만의 세계에 빠져 그녀의 말에 귀를 기울이지 않았다.

"안 돼……. 싫어…… 놔줘……."

아무래도 윌프레드는 한번 마음에 든 것을 쉽게 손에서 놓지 않는 성격인 듯하다. 그는 그녀의 젖가슴을 집요하게 주무르고는, 뜨겁게 젖은 혀로 죽 핥고 입안으로 빨아올리는 행위를 줄곧 반복했다.

"……목욕…… 하고 싶어요……. 부탁이니까……."

괴로움에 약한 소리를 내며 아슈레이가 진심으로 훌쩍거리기 시작하자 윌프레드가 겨우 얼굴을 들어 올렸다.

"그러고 보니 더러워진 상태였지. 미안하군. 일단 씻고 나서 다시 귀여워해 주도록 하지."

"……꺄…… 악, 싫어요……. 혼자서 갈 테니까……. 놔, 놔줘요……."

그녀가 부탁하는 말을 그는 역시 듣지 않았다. 윌프레드의 집요함에 아슈레이는 부탁을 중단했다. 부탁 때문에 한층 더 도망칠 수 없었기 때문이었다.

그렇게 윌프레드는 강제로 그녀를 목욕탕으로 데리고 가서는 그의 손으로 반짝반짝하게 씻어 주었다..

제4장
흐트러진 숨결

너무나도 부끄럽게 월프레드에게 괴롭힘을 당하고 난 후 목욕탕에 들어가서도, 그리고 침대로 돌아온 후에도 행위는 계속되었다.

이제 놔달라고 열심히 호소했지만 그는 봐주지 않았으며, 하룻밤 내내 그에게 가슴을 희롱당한 아슈레이는 토라진 표정으로 집무실의 소파에 앉아 있었다.

정무를 보는 것도 아닌 그녀가 이곳에 있게 된 이유는 하나, 월프레드의 명령이었기 때문이다.

"정말이지……."

화를 내면서 읽고 있던 책의 페이지를 넘기자 강렬한 시선을 느꼈다. 하지만 얼굴을 들어 올릴 수는 없었다.

아슈레이를 바라보고 있는 것은 어제 갓 남편이 된 윌프레드다.

그는 믿을 수 없는 속도와 결단력으로 정무를 보고 있었지만, 잠시 시간이 생기면 무언가를 말하고 싶어 하는 표정으로 가만히 아슈레이를 계속 바라보고 있었다.

그 시선의 강렬함에 문득 고개를 들어버려 분위기가 어색해진 것이 한두 번이 아니었다. 셀 수 없을 정도였다.

절대로 고개를 들지 않을 것이다. 그렇게 자신에게 다짐했지만 꿰뚫을 것 같은 그의 눈빛에 등이 오싹거리기 시작했다.

그렇게 길고 긴 시간이 흘러 오전 10시가 되어 휴식을 취하게 되자, 과자와 홍차가 집무실 안으로 들어왔다.

가루 설탕이 잔뜩 뿌려진 사과 아몬드 토르테나 여러 가지 형태의 쿠키, 라즈베리 크럼블 파이 등이 늘어서 있는 가운데, 한층 더 눈길을 끈 것은 크렘 캐러멜이었다. 사람 얼굴 정도의 크기 있는 푸딩에 찐득하고 눌어붙은 듯한 다갈색의 캐러멜이 넘쳐흐를 것처럼 뿌려져 있는 것이다.

"……커, 커다랗다……."

몇 명이 도와준다고 해도 배가 가득찰 것 같은 사이즈였다.

이것을 어떻게 할 것인가 고민하며 아슈레이는 크렘 캐러멜이 놓인 유리 세공 접시를 바라보고 있었다. 그러자 윌프레드가 당연하다는 듯이 은수저를 손에 들었다.

─어쩌면, 어쩌면 이 접시 하나가 1인분인 것일까.

아슈레이는 꿀꺽 목을 울리고는 윌프레드를 지켜보았다.

그러나 그는 크렘 캐러멜을 먹으려고 하지 않고, 어째선지 수저의 뒷면으로 크렘 캐러멜의 표면을 쿡쿡 찔렀다.

"뭘 하고 있는 건가요?"

무심코 질문을 건넸지만 가만히 이쪽을 바라보던 그는 딱 한마디.

"크렘 캐러멜을 찌르고 있다."

라고 그냥 보인 그대로의 모습을 대답해 주었다.

대응이 곤란해진 아슈레이는 차를 가져온 시녀에게 도움을 요청하려고 했다. 하지만 그녀는 재빨리 방을 떠나고 말았다. 방에 남겨진 것은 윌프레드와 아슈레이 둘뿐이었다.

"먹지 않는 건가요?"

"……나중에 먹겠어……."

흔들흔들 떨리는 크렘 캐러멜을 계속 바라보는 윌프레드를 앞에 두고 아슈레이가 어찌할 바를 모르고 있자, 하늘의 도움이라는 듯 누군가 집무실의 문을 두드렸다.

"들어오세요."

답을 하려 하지 않는 윌프레드 대신에 아슈레이가 대답했다.

"윌……. 여기에 사인을 해줬으면 하는데……."

그렇게 말하면서 나타난 것은 윌프레드의 소꿉친구인 제

레미였다.

"쉬는 중이었나? 방해해서 미안하군. ……와아, 여전히 질리지도 않고 크렘 캐러멜을 먹는 거야? 벌써 3년이나 계속 먹고 있지 않아? 한번 빠져들면 정말로 길게 유지된다니까, 윌은."

질렸다는 듯이 말하면서 제레미는 윌프레드의 앞에 있는 크렘 캐러멜을 옆에서부터 먹으려고 했다. 하지만 윌프레드는 바로 앞에서 크렘 캐러멜과 제레미를 엇갈리게 만들었다.

"최근에 만진 무언가와 닮았다. 생각이 날 때까지 방해하지 마."

"한입 정도는 먹게 해줘도 괜찮잖아."

쓴웃음을 지으면서 제레미는 어깨를 움츠렸다.

"안 돼. 사인도 나중에 하겠어."

"그건 너무해. 이쪽은 급하기 때문에 윌이 사인을 해 주지 않으면 곤란하다고."

불만스러운 듯이 말한 제레미였지만, 문득 아슈레이를 바라보고는 생긋 심술궂은 웃음을 띠었다.

"아아. 그게 뭐랑 닮았는지 알았어."

"뭐지?"

그리고 두 사람은 소곤소곤 귓속말로 이야기를 하기 시작했다. 남자끼리만 할 수 있는 이야기라는 듯이.

어쩐지 자리에 없는 사람이 된 것 같은 기분에 아슈레이는 크렘 캐러멜을 스푼으로 떠올려 자신의 입에 넣었다.

공을 들여서 가는 체로 걸러 제대로 불기운을 조절했는지 매끄러운 목 넘김이 좋은 식감이었다.

"이거…… 엄청, 맛있어요."

무심코 웃음을 지었다. 월프레드가 3년이나 계속 이것을 먹어왔다는 것을 듣고 놀랐었지만 그만한 가치가 있는 듯한 기분이 들었다. 볼이 느슨해지며 한 번 더 숟가락을 입으로 옮겼다.

혀 위에 살짝 씁쓸함이 있는 달콤한 캐러멜의 향이 가득 퍼져, 우유와 달걀로 만들어진 커스터드푸딩이 혀 위에서 녹아든다. 정말로 맛있는 크렘 캐러멜이다.

너무나도 맛있어서 없는 사람 취급을 받았던 쓸쓸함도 잊었을 때.

"그런가. 그것이……."

월프레드가 드디어 납득을 했다는 듯이 고개를 끄덕였다.

그리고 그는 은수저를 제레미에게 떠맡기고는 자신은 아슈레이가 앉아 있는 자리 곁으로 다가갔다.

"무, 무슨……?!"

혼자서 스위츠에 입맛을 다시고 있던 아슈레이는 갑자기 긴장했다.

"너의 이 부분과 꼭 닮았다."

월프레드는 그렇게 말하고 소파에 앉아 있는 아슈레이의

뒤에 서서는 팔을 꽉 둘러왔다. 갑자기 윌프레드의 손가락 끝이 그녀의 가슴 봉오리에 가볍게 닿은 순간, 어젯밤의 일이 떠올라서 비명을 지르고 말았다.

"……싫어……."

하지만 그는 그 이상 가슴을 희롱하지 않았고, 대신에 부드러운 곡선을 그리는 그녀의 볼에 정한히 그의 입술이 닿았다.

"어어……."

쪽 하고 입맞춤을 한 윌프레드는 만족스러운 듯이 고개를 끄덕였다.

"네 볼과 닮았어. ……나는 이게 매우 좋다."

있을 수 없는 크기의 크렘 캐러멜을 보고 있자면 윌프레드가 좋아하는 것이라는 것을 알 수 있다. 하지만 스위츠와 닮았다는 말을 듣고 순순히 기뻐할 수 있을 리가 없다.

―그렇게 생각하고 있었음에도 아슈레이는 볼이 새빨개졌다.

"가, 갑자기 뭘 하는 거……."

울상을 짓고 호소하자 이번에는 볼이 쿡쿡 찔렸다.

"기분이 좋다고 칭찬을 하고 있는데 왜 안 된다는 거지."

의미를 알 수 없다는 듯이 윌프레드가 미간을 찌푸렸다. 그리고 다시 한 번 그녀의 볼에 얼굴을 대고 이번에는 덥석 입술로 깨물었다.

"크렘 캐러멜보다도 나는 이쪽이 좋군."

입술이 겹칠 듯한 거리에 있는데도 윌프레드는 아슈레이의 볼에만 정신이 팔려 있다.

아슈레이는 그것이 분한 것인지 부끄러운 것인지 알 수 없는 채로 머뭇거렸다. 하지만 문득 현 상태의 부끄러움을 깨닫고 황급히 고개를 돌리려고 했다.

"볼은 먹는 게 아니에요. 놔주세요."

하지만 아무리 반론을 해도 윌프레드는 들으려하지 않았다.

"어젯밤에는 자기 전에 하는 인사를 잊었다. 그만큼 하는 것이다. 얌전히 있어."

볼에 하는 굿나잇 키스를 잊었다고 해도, 그 이상 과할 정도로 아슈레이의 가슴에 달라붙어 있었던 것이다. 잊었다고는 하지 말았으면 한다.

어젯밤에 그렇게나 했으니 이제 굿나잇 키스는 필요 없다고 반문하고 싶었지만 지금은 제레미가 있다. 에로틱한 말을 할 수는 없다.

"아내를 자랑하는 것도, 농탕을 치는 것도 나중에 하고 사인을 해주지 않겠어? 그리고 오후부터 시찰이니까 잊지 말아줘."

아무래도 윌프레드는 오후가 되면 나갈 예정이었던 듯하다. 이걸로 드디어 혼자서 숨을 돌릴 수 있다……. 그렇게 아슈레이는 안도하고 있었다.

하지만 그런 그녀의 기분을 아는지 모르는지 윌프레드가

당연하다는 듯이 말했다.

"너는 첼시레인에서 목숨이 노려졌었다. 놔두고 갈 수 없다. 함께 와서 내 곁에 있어."

첼시레인에서 목숨이 노려진 것도, 방이 뒤집혀져 있었던 것도 전부 실수였다고 생각하고 싶었다. 하지만 문득 증오에 가득 차 있던 언니의 눈빛이 떠올라 오싹 몸서리가 쳐졌다.

언니는 간식이라며 거짓말을 하고 아슈레이에게 독을 마시게 하려고 했다. 설마 자객이 덮쳐온 것도, 방이 뒤집혀져 있었던 것도, 의상이 잘려 있었던 것도 언니가 관계되어 있는 것일까.

그런 불성실한 생각이 스치고 만다. 하지만 언니 마리벨은 재능이 있고 모두가 따르는 멋진 여성이다. 아슈레이가 그녀를 부러워할 일은 있지만, 반대로 그녀에게 미움을 받을 일 따위는 전혀 없는데.

무심코 생각에 잠겨 있자 윌프레드가 다정하게 그녀의 머리를 쓰다듬었다.

"무슨 일이 있는 건가? 뭔가 생각하고 있는 것 같은데."

눈앞에 있는 윌프레드 역시 언니인 마리벨에게 결혼을 신청하러 첼시레인에 왔었다. 한발 늦게 도착해 신부를 얻지 못했기 때문에 명목상, 할 수 없이 아슈레이를 데리고 온 것이다.

윈스터레이크의 제1왕자인 딕이 마리벨을 방문하는 것

이 늦었다면, 윌프레드의 곁에 있는 것은 자신이 아니었을 것이 틀림없다.

"……미안해요……."

엉겁결에 사죄의 말을 내뱉었다. 예측의 범주를 뛰어넘은 적이 많은 윌프레드였지만 나쁜 사람은 아니다. 분명 마리벨도 그를 알게 된다면 사랑하게 될 것이 틀림없다.

"……사과하지 않아도 된다. 혹시 상태가 안 좋다면 말하도록. 바로 의사를 불러주지. 시찰이라면 일정을 바꾸면 된다. 무리는 하지 마."

꼭 안겨져 숨이 새어나갈 것 같다. 이렇게 따뜻하고 마음이 편안한 장소는 태어나서 처음이었다. 하지만 윌프레드의 팔은, 실은 자신의 것이 아니다.

그 사실이 무겁게 가슴을 덮쳐눌렀다.

아슈레이가 윌프레드의 품속에서 얌전히 있는 것을 바라보던 제레미가 쓴웃음을 지었다.

"아슈레이 공주님이 곁에 없으면 안심이 안 되는 건가? 아아, 독신남에게 신혼부부는 보면 병이 되는 것이로군. 정말이지."

윌프레드는 다정할 뿐이다. 신부가 된 것이 아슈레이가 아니었다고 하더라도 분명 그는 정성을 다했을 것이 틀림없다.

"아, 아니에……."

그는 아슈레이의 볼이 크렘 캐러멜의 감촉과 닮아 있어

서 마음에 들었을 뿐이다.

윌프레드는 아슈레이를 좋아하는 것이 아니다. 그 증거로 그런 말은 한 번도 들은 적이 없다. 사랑을 받고 있는 것은 아니라고 자각하고 축 가라앉은 기분이 된 아슈레이는 어두운 표정으로 고개를 숙였다.

"무슨 일이지?"

윌프레드가 의아한 듯이 질문을 했다. 답하지 않고 입을 다물고 있자 윌프레드는 그녀의 턱을 잡고는 얼굴을 기울였다. 그리고 이번에는 입술을 겹쳐 버린다.

"읍……!"

가벼운 입맞춤이 끝나고 바로 그의 입술이 떨어졌다. 하지만 아슈레이는 갑작스러운 일에 눈을 둥글게 떴다. 윌프레드는 그런 그녀를 가만히 바라보면서 속삭였다.

"얼굴을 들어라. 나와 이야기하고 있을 때는 제대로 눈을 보고 대답하는 거다."

날카로운 시선에 홀린 듯이 아슈레이는 대답을 하지 못했다. 젖은 눈동자를 그에게 향하자 그는 다시 한 번 입술을 겹치고는 뒤이어 더욱 깊은 입맞춤을 했다.

"……흐…… 으읍……. ……싫…… 어……."

혀가 얽히며 숨을 쉴 틈도 없이 타액이 빨려들어 간다. 윌프레드가 한 음란한 입맞춤에 아슈레이는 황홀해졌다.

"그런가, 결국 손을 댔구나."

느긋한 목소리가 테이블 너머에서 들려와 아슈레이는 황

급히 윌프레드를 밀쳐내고 입술을 떼었다.

그는 타액투성이가 된 자신의 입을 매우 색기 어린 표정으로 닦아냈다.

그 모습은 마치 육식동물 같았다.

"……소, 손 같은 건 대지 않았어요!"

얼굴이 새빨개지면서 아슈레이는 말했다. 미수였던 것이다. 그녀의 몸은 깨끗한 채다. 이상한 억측은 하지 않았으면 했다.

―하지만.

윌프레드가 불만스러운 것 같은 표정으로 이쪽을 바라보았다. 이상한 예감이 들었다.

"……너는, 남자의 것을 다리 사이에 끼우고 뒤흔든 것만으로도 절정에 달했을 터다. 그 후 가슴을 드러내고 하룻밤 내내 가슴을 빨렸지. 그 상대를 앞에 두고 아무 일도 없었다고 거짓말을 하는 건가."

담담히 말하는 윌프레드를 아슈레이는 그저 멍하니 바라볼 수밖에 없었다.

그의 사전에는 정서라든가 마음의 미묘한 사정이라든가 분위기를 읽는다는 말은 없는 것일까.

"헤에. 그런 일이 있었군. 즐거워 보이네. 조금 보고 싶을지도."

제레미는 쿡쿡 웃으며 고개를 끄덕였다.

아슈레이는 너무나도 부끄러워 그 자리에서 숨을 멈춰

버리고 싶을 정도였다.

하지만 자신이 사라지기 전에 이 엉망진창인 남자를 어떻게든 하지 않으면 안 될 것이다.

"……윌은 바보예요, 정말로 바보. 이제 믿을 수 없어."

소파에 놓여 있던 꽃 모양의 자수가 있는 사랑스러운 쿠션을 폭폭 두들겼다.

"진실이지 않나. 뭘 화를 내고 있는 거지."

의미를 알 수 없다는 듯이 윌프레드는 고개를 갸웃거렸다. 그런 두 사람을 바라보고 있던 제레미가 재차 타격을 걸어왔다.

"윌이 말한 것은 전부 거짓말이라고 하면 되는데 말이죠. 그런 태도를 보이는 건 윌의 말이 진실이라고 말하고 있는 것이나 다름이 없어요."

"앗."

분명 그 말대로였다. 하지만 아슈레이는 너무나도 동요한 나머지 윌프레드의 입을 막는 것밖에 생각하지 않았던 것이다.

"……싫어…… 엇."

손에 든 쿠션으로 새빨개진 얼굴을 가리고 고개를 숙이고 있자 제레미가 감탄했다는 듯이 중얼거렸다.

"아슈레이 공주는 솔직해서 귀엽네. 이런 사람이 아직 있다는 게 놀라워. 있지, 윌. ……혹시 네가 아슈레이 공주가 필요 없다고 하면 내가 데리고 가도 될까?"

장난스럽게 한 말임에도 아슈레이는 핏기가 가시는 느낌이 들었다.

그녀를 다른 사람에게 주겠다고 하면 자신은 어떻게 하면 좋을까.

"미안하지만 우리들은 이미 결혼을 했다. 다른 사람을 찾아."

하지만 월프레드는 제레미의 말을 차갑게 일축했다.

"거짓말?! 윌, 제정신이야? 제1왕위계승자이니 보통은 성대하게 식을 올려야 하지 않아?"

두 사람이 결혼한 것은 소꿉친구인 제레미조차 모르는 일인 듯했다.

"나중에 하면 되잖아. 넌 조용히 있어."

아슈레이는 울상을 지으며 고개를 숙였다.

*   *   *

오후가 되어 아슈레이는 월프레드와 함께 농원에 시찰을 가게 되었다. 이러니저러니 5분 정도 두 사람이서 마차에 타고 있었지만 한마디도 하지 않았다.

"……윌…….."

처음에 입을 다물고 있던 것은 자신이었지만, 월프레드와 단둘이 있으면서 이렇게 계속 조용하게 있었던 것이 처음이었던 아슈레이는 뒤이어 불안감에 휩싸였다.

"무슨 일이지. 기분은 풀린 건가."

그 말에 윌프레드가 화가 나 있는 것이 아니라 그녀의 기분을 거스르지 않기 위해 노력하고 있었다는 것을 알아챘다.

"화를 내고 있었던 게……."

분명 제레미의 앞에서 부끄러운 말을 한 그를 때려주려는 행동을 하긴 했지만, 입을 다물고 있었던 이유는 쓸쓸했기 때문이었다.

윌프레드에게 있어서 자신은 누군가에게 결혼했다는 것을 알릴 가치도 없는 신부인 것일까. 하지만 그런 것을 본인에게 직접 물어볼 수 있을 리도 없다.

"아슈레이."

고개를 숙이고 있자 그가 볼에 입맞춤을 했다. 그 정도로 아슈레이의 볼의 감촉이 마음에 들었다면 마음대로 해도 좋다. 그렇게 생각하고 참으려고 했다.

하지만 몇 번이나 키스를 반복하고 입술까지 빨아들이자 초조한 기분이 들었다.

"……이제…… 안 돼……."

살짝 윌프레드의 가슴을 밀자 그는 버려진 강아지처럼 슬픈 듯한 눈빛으로 그녀를 바라보았다.

"……웃."

그 끈기에 져서, 키스를 계속해도 된다…… 고 엉겁결에 말할 뻔한 것을 꾹 참았다.

아슈레이가 마셜로트 제국의 국민과 처음으로 만나는 기회인 것이다. 이대로 이상한 분위기가 되어서는 안 된다.

"방으로 돌아가고 난 후에는…… 안 되나요?"

진지한 눈빛으로 호소하자 윌프레드가 숨을 꿀꺽 삼켰다.

"그렇다면 돌아가겠어. 시찰은 중지다."

한순간 농담을 하는 건가, 하고 생각했지만 윌프레드의 눈동자는 진지 그 자체였다. 아슈레이와 키스를 하기 위해 진심으로 성으로 돌아가려고 생각하고 있는 것 같다.

"바보 같은 소리 하지 말아요. 당신은 이 나라의 왕자님이에요. 정무를 소홀히 해서 어쩌려는 거예요. 백성에 대한 실례예요."

아슈레이가 그렇게 타이르자 윌프레드는 조용히 고개를 끄덕였다.

"알겠다."

처음으로 여성의 몸을 만진 탓에 윌프레드는 아무래도 음란한 행위에 푹 빠진 듯했다.

청렴한 성격에 과한 금욕은 몸과 마음에 그다지 좋지 않은 것일까.

가만히 윌프레드를 바라보고 있자 얼굴이 살짝 빨간 듯한 느낌이 들었다.

"윌, 어쩐지 얼굴이 빨개요."

걱정이 된 아슈레이는 그의 앞머리를 들고 자신의 이마

를 갖다 대었다.

그러고 보니 여행 중, 숙소의 침대에서 윌프레드가 같은 행동을 했던 기억이 난다. 얼굴을 새빨갛게 물들였던 윌프레드는 정말로 귀여웠다. 아슈레이는 얼굴에 웃음을 지었다.

"……웃!"

그러자 윌프레드는 흠칫 하고 몸을 굳혔다. 바이러스성 감기인 것일까.

분명 감기 기운이 심해지면 관절의 마디마디가 아프고 고열이 난다고 들었었다.

"음……. 조금 열이 있는 걸지도. 윌, 너무 무리하지 말아요. 저쪽에 도착하면 약을 받아둘까요?"

그렇게 말하고 아슈레이가 흐트러진 그의 앞머리를 손으로 빗질하고 있으려니 윌프레드가 나직이 중얼거렸다.

"나는 중증이로군."

아슈레이는 눈을 동그랗게 떴다.

"네?! 미열이라고 생각하는데……. 그렇게 힘든가요?"

듣고 보니 윌프레드의 호흡도 살짝 흐트러져 있는 것 같은 기분이 든다.

"그래, 엄청나게 참을 수 없을 것 같다."

"어떻게 하지……."

아슈레이는 애가 타며 다시 한 번 그와 이마를 마주했다. 그러자 갑자기 마차의 의자의 등 부분에 몸이 눌리더니 윌프레드가 덮쳐왔다.

"간병해 줘. 그렇게 하면 금방 나을 것 같다."

활을 쏘는 듯한 강한 시선을 받은 아슈레이는 당황해서 목소리를 떨었다. 간병을 하려고 해도 이런 자세에서는 손을 쓸 방도가 없다.

"어, 저, 저기……."

어떻게 하면 좋을지 알 수 없는 채 아슈레이가 몸을 움직이는 사이 그녀는 윌프레드에게 입술을 빼앗겼다. 그리고 그녀의 입안으로 그의 혀가 밀고 들어와 격렬하게 입맞춤했다.

"흐…… 읍. 위…… 윌…… 읏!"

타액이 빨려 목이라도 마른 것인가 하고 물으려던 순간.

─갑자기 마차의 문이 열렸다.

그곳에 서 있던 것은 웃음을 띠고 있음에도 입꼬리가 움찔움찔 경련을 일으키고 있던 제레미였다.

"알콩달콩거리는 것은 나중에 해주지 않겠어? 벌써 도착해서 모두 기다리고 있는데 말이지."

아슈레이는 스윽 하고 피가 빠져나가는 기분이 들었지만 윌프레드는 토라진 듯한 모습으로 제레미에게 말했다.

"그렇다면 그냥 조금만 더 기다리지."

다시 한 번 입맞춤을 하려고 하는 그에게서 아슈레이는 전력으로 도망쳤다.

＊　　　＊　　　＊

아까 전까지 자신은 중병이라고 말했던 월프레드였지만, 지금은 몸이 좋아진 듯 의연한 태도로 농원을 시찰했다.

"……다른 사람 같아……."

아슈레이가 무심코 그렇게 중얼거린 것도 무리는 아니었다.

조금 떨어진 곳에서 월프레드의 모습을 바라보고 있자니 갑자기 드레스의 치맛자락이 당겨졌다.

그곳에는 트윈테일 머리를 하고 원피스를 입은 작은 여자아이와 그 손을 꼭 잡고 있는 멜빵바지 차림의 남자아이가 있었다.

"무슨 일이니?"

아슈레이가 미소를 지으며 묻자 여자아이가 풀밭에서 딴 것으로 보이는 꽃다발을 내밀었다.

"당신이 첼시레인에서 온 공주님이라는 게 정말인가요? 할아버지가 근처의 아저씨에게 들었다고 해서요."

아슈레이는 작은 꽃다발을 받아들고 인사했다.

"그래. 너희 할아버지가 말한 것처럼 나는 첼시레인에서 왔어. 처음 뵙겠어요. 이름은 아슈레이야. 잘 부탁해."

다정하게 말을 걸자 굳어 있던 두 아이의 표정이 온화해졌다.

"먼 나라의 이야기를 들어도 될까요?"

작은 아이들에게 있어서는 근처에 있는 첼시레인 영세중립국은 매우 먼 나라인 것이다.

"그럼. 물론 좋아요."

윌프레드의 측근에게 말을 걸어, 아슈레이는 농원에 있는 정자에서 차를 마시며 아이들과 이야기를 했다.

아슈레이의 주변에도 경호를 서는 병사가 있었다. 그럼에도 윌프레드는 빈번하게 이쪽을 바라보았다.

아무래도 아슈레이를 걱정하고 있는 듯했다. 그 다정함이 더욱 가슴에 아프게 느껴졌다.

좋아하지도 않는 상대를, 그런 식으로 의무 때문에 다정하게 대하지는 않았으면 했다.

잔혹하게도 기대하게 만든다는 것을 그는 눈치채지 못한 것이 분명하다.

"굉장해요. 눈이 쌓인 산에 둘러싸여 있다니. 그림책 같아요."

첼시레인 영세중립국은 남쪽에 있는 마셜로트 제국보다도 표고가 높다.

겨울과 여름뿐만 아니라 낮과 밤의 추위와 더위도 격렬했지만, 그런 사소한 것조차도 어린아이들에게는 신선하게 들리는 듯했다. 그렇게 즐겁게 이야기를 하고 있자니 여자아이가 반짝거리는 눈동자로 올려다보는 것을 눈치챘다.

"첼시레인의 공주님들은 모두 노래를 잘하지요? 저, 매우 들어보고 싶어요. 있죠. 공주님. 안 되나요?"

사랑스러운 목소리로 그렇게 조르자 아슈레이는 곤란해졌다.

마셜로트 제국에 시집을 온 역대 왕녀들은 노래가 출중한 이들뿐이었다.

하지만 아슈레이는 다르다.

"미안해. 나는 그다지 노래를 잘하지 못해. 유감스럽지만 노래를 듣는다고 해도 불쾌해질 거라고 생각해."

"그런……. 노래를 싫어하나요? 노래해 주세요. 살짝이라도 좋으니까요."

여자아이가 울 것 같이 얼굴을 찌푸려, 남자아이가 그 아이의 얼굴을 어루만지며 위로했지만 여자아이는 칭얼대는 것을 멈추지 않았다.

"놀라지 말아줘."

할 수 없이 아슈레이는 여자아이에게 노래를 들려주기 시작했다. 실제로 들어본다면 분명 바로 납득해 줄 것이라고 생각했기 때문이었다.

흥얼거린 것은 첼시레인에 전해져 오는 동화였다. 떨어지게 된 연인을 생각하며 전해지지 않는 사랑에 가슴 아파하는 소녀의 노래.

그 노래를 고른 것은 우연이었다.

아슈레이가 아직 눈앞에 있는 소녀 정도의 나이였을 때, 슬픈 사랑으로 끝나는 노래의 내용에 납득하지 못하고 마음대로 이어지는 가사를 만든 것이 생각이 났기 때문이었다.

한 번으로 노래를 끝내려고 했는데, 아이들은 다음이 듣고 싶다고 계속 졸라댔다. 그리고 결국에는 마음대로 아슈레이가 가사를 만든 곳까지 이어지게 되었다.

원래 가사로 노래하지 않았던 것은 슬픈 사랑 노래에 여자아이가 울음을 터뜨릴 것 같이 되었기 때문이었다. 기왕할 거라면 행복한 기분이 되어 웃음을 지어주길 바랐다.

―하지만 아슈레이의 노래가 앞으로 조금만 더 하면 끝이 날 무렵.

갑자기 그녀의 팔이 붙들어 올려졌다.

"아팟……."

뒤를 돌아보자 그곳에는 무서운 표정을 짓고 있는 윌프레드가 서 있었다.

주변에서 대기하던 측근이나 영주들도 멍한 표정으로 이쪽을 바라보고 있다.

"아……."

여기에는 어린아이들밖에 없다고 믿고 있었던 아슈레이는 새파랗게 질리고 말았다.

윌프레드는 화를 내고 있는 것이다.

아슈레이가 어설픈 노래를 선보인 것으로 인해, 그가 맞이한 첼시레인 영세중립국의 왕녀가 소문의 미희가 아니라는 것이 알려져 버린 것이다. 즉, 그를 창피하게 만든 것이다.

차가운 시선에 아슈레이는 꿀꺽 숨을 삼켰다.

하지만 그렇게 화를 내지 않아도 눈치채는 것은 시간문제였을 터다. 아슈레이가 이웃나라에까지 이름이 난 미희가 아니라는 것은 일목요연하기 때문에.

"월……."

그의 기분을 살피며 아슈레이가 이름을 부르자 그녀는 그대로 마차로 끌려갔다.

"이제 이곳에서의 용무는 끝났다. 돌아가겠어."

변명 같은 것은 듣지 않겠다는 분위기였다. 아슈레이가 고개를 숙이고 조용히 있자 윌프레드 역시 한마디도 하지 않아, 두 사람은 침묵을 유지한 채로 궁전으로 돌아갔다.

*   *   *

숨이 막힐 것 같은 공기 속에서 궁전에 도착하자 윌프레드는 급한 정무로 인해 그대로 병사들의 곁으로 가게 되었다.

아슈레이는 경비병들의 호위를 받으며 먼저 방으로 돌아가게 되었지만 그 도중에 왕의 심부름꾼과 만나게 되었다.

"왕께서 기다리고 계십니다. 급히 알현장으로 와주십시오."

마셜로트 제국의 왕과 만나는 것은 두 번째였다.

뭔가 이상한 예감이 들었다.

"알겠습니다."

그렇게 아슈레이는 혼자서 왕이 있는 곳으로 향했다.

알현장은 처음 들어갔을 때와 그다지 다르지 않게 화려하고 아름답게 장식되어 있었다.

그림, 조각, 보검이나 갑주 같은 것이 여러 개 걸려 있었다. 그 모든 것이 왕실의 권위를 내세우기 위한 물건이라는 것은 쉽게 예측이 갔다.

아슈레이는 왕의 앞으로 나아가 드레스 자락을 잡고 정중하게 인사를 올렸다.

"다시 한 번 뵙게 되어 영광입니다. 국왕이시여. ……이번에는 저에게 무슨 용무가 있으신지요."

정식으로 결혼식을 올리지 않은 몸으로는 국왕에게 아버님이라고 부르는 것이 주저되어 아슈레이는 그렇게 인사를 했다.

"마치 남인 듯 행동하는구나. 너는 나의 아들과 혼인을 하지 않았느냐."

쓴웃음을 지으며 마셜로트 제국의 왕은 아슈레이에게 말을 걸었다.

"죄송합니다. 주제넘다고 생각하시는 것은 아닐까 하고, ……그만……."

깊이 고개를 숙이자 왕이 어깨를 움츠렸다.

"기특하구나. ……그런 것보다, 아슈레이. 내 앞으로 윈스터레이크 왕국의 제1왕자에게서 연락이 왔다."

"딕님에게서요?"

아슈레이가 고개를 갸웃하자 왕은 즐거운 듯이 물었다.

"돌려 말하는 것은 좋은 방법이 아니겠지. 단도직입적으로 말하겠다. 윈스터레이크의 왕자는 신부를 교환하고 싶다는 요청을 해왔다."

갑자기 듣게 된 말에 아슈레이는 그저 살짝 입을 열고 멍해지고 말았다.

"네……?"

딕의 신부인 언니 마리벨과 윌프레드의 신부인 아슈레이를 교환한다. 즉, 아슈레이가 윌프레드의 곁에 있을 수 없게 된다는 요청이다.

분명 딕은 아슈레이에게 있어서 첫사랑 상대이다.

태어난 후부터 줄곧 아버지나 고용인들에게 첼시레인의 왕녀는 대국으로 시집을 가는 것이 관례라고 들어왔다. 그렇기에 처음으로 만난 윈스터레이크 왕국의 왕자가 자신의 신랑이 될 상대임이 틀림없다고 생각해 가슴이 설레었다. 지금 생각해 보면 그것은 첫사랑이 아니라 동경과도 같은 것이었다.

하지만 윌프레드는 어찌되는 것일까. 그는 언니인 마리벨을 신부로 삼기 위해 첼시레인으로 온 것이다. 하지만 한 발 늦었기 때문에 원래 얻고 싶었던 신부를 얻지 못했다. 그렇기 때문에 할 수 없이 아슈레이를 이 나라로 데리고 온 것이다.

윌프레드는 분명 이 요청을 기뻐할 것이 틀림없다.

"아슈레이 공주는 어떻게 하고 싶은가?"

"……요청을 받아들이도록 하겠습니다. 분명 그렇게 하는 것이 윌프레드님 또한 기뻐하시리라 생각합니다. ……저는 소문이 자자한 첼시레인의 공주가 아닙니다. 그것은 전부 언니에 대한 이야기입니다. 언니라면 분명 국왕께서도 미래의 왕비로서 어울리는 상대라고 생각하실 것이 틀림없습니다."

아슈레이는 오열을 참으며 무리하게 미소를 짓고 그 자리를 떠나려고 했다.

하지만 왕은 그녀를 멈춰 세웠다.

"아직 이야기는 끝나지 않았다."

"네?"

달리 무슨 이야기가 있는 것일까. 아슈레이는 당황했다.

"아슈레이 공주는 어떻게 하고 싶은지, 그것을 물은 것이다. 아들이나 내 기분을 대변하라고 한 것이 아니다."

첼시레인 영세중립국의 왕녀가 자기 마음대로 원하는 것을 말할 수 있을 리가 없다.

윌프레드가 행복한 결혼을 했으면 한다. 자신이 사라지는 것이 그를 위한 일이라면 그것이 아슈레이의 유일한 희망이다.

"……급히 이곳을 떠나도록 하겠습니다. 짧은 시간이었

지만 신세를 졌습니다."

조용히 왕에게 대답을 하고, 아슈레이는 웃으려고 했다. 하지만 입꼬리가 잘 올라가지 않았다. 왕은 이의를 제기하고 싶은 듯한 눈동자로 살짝 눈을 감은 아슈레이를 바라보았다.

"한동안 얼굴을 볼 수 없겠구나. ……다음에 만날 때는 노래를 들려주렴."

"제 서투른 노래라도 좋으시다면……."

그런 날은 분명 두 번 다시 오지 않을 것이다. 그렇게 생각하면서 아슈레이는 왕의 앞에서 깊게 고개를 숙이고 인사를 했다.

*   *   *

윌프레드의 방으로 돌아온 아슈레이는 급히 짐을 꾸리기 시작했다.

분명 그가 나타난다면 어색해질 것이 틀림없다. 그 전에 방을 옮기자고 생각했기에 서둘러 짐을 쌌다. 체념하려고 했던 상대가 손에 들어오게 된 것이다. 성실하고 정직한 그는 왕이 아까 전에 했던 이야기를 분명 아슈레이에게 다시 들려줄 것이 틀림없다.

가능하다면 혼자 있고 싶었다.

아슈레이의 가슴의 통증은 딕 왕자에게 실연을 당했을

때와는 비교할 수 없었다. 이 이상 상처를 입는다면 그 자리에서 무너져 내려 울음을 터뜨릴지도 모른다.

재빨리 짐을 싸서 눈 깜짝할 사이에 궁전을 나설 준비를 끝냈다.

몸만 먼저 이곳으로 오고 짐은 나중에 보내주기로 했었기 때문이었다. 아직 그 짐이 도착하기 전이어서 다행이라고 스스로를 납득시키려고 했다. 하지만 잘 웃을 수 없었다.

"⋯⋯이제 슬슬 월이 돌아올 시간⋯⋯. 빨리 방을 나가지 않으면⋯⋯."

어둡게 가라앉은 기분으로 가방을 들어 올리고 방 밖으로 향했다. 그리고 문을 열었을 때. 긴 다리를 꼬고 벽에 기대어 있던 월의 모습이 보였다.

아슈레이의 몸이 덜컥 굳었다.

"⋯⋯어디로 갈 셈이지."

"네? 저기⋯⋯."

그는 아까 전 아슈레이가 왕에게 들은 이야기를 모르는 걸까?

"첼시레인으로 돌아갈 준비를 했어요⋯⋯. 월은 국왕께 이야기를 듣지 못했나요?"

주저하면 그렇게 묻자 월프레드는 아슈레이의 손에 들린 가방을 빼앗아들고 고정쇠를 열더니 내용물을 전부 소파 위로 쏟아 버렸다.

"무슨 짓을 하는 거예요?!"

아슈레이는 그저 멍하니 있을 수밖에 없었다.

"너는 이미 나와 결혼을 한 것이다. 평생 동안 곁에 두겠다고 했다. ……돌아가게 두지 않아."

그렇다면 윌프레드는 언니인 마리벨과 아슈레이 두 사람을 자신의 부인으로 삼으려는 것일까.

"……월……. 생각을 바꿔요……."

마리벨은 매력 넘치는 여성이다. 윌프레드는 분명 그녀에게 푹 빠질 것이 분명하다. 그리고 그는 아슈레이를 돌아보지도 않을 것이다.

분명 언니가 상대이기 때문에, 윌프레드의 사랑을 받지 못하는 쓸쓸함은 배가 될 것이 분명하다.

"생각을 바꾸는 것은 너다. 자신의 입장을 생각하라고. …… 침실로 와. 아무리 울어도 오늘은 봐주지 않겠어."

아슈레이는 팔을 붙잡혀 옆방으로 끌려 들어갔다.

"……어……. 지금이라면 아직 늦지 않았어요……. 이혼을 해도…… 신께서도 용서해 주실 거예요. 그러니까……."

필사적으로 애원하면 할수록 윌프레드의 기분은 나빠지는 듯했다.

"신의 용서 같은 건 필요 없어. 넌 네 부인이다."

침대에 엎드려 눌려 있던 아슈레이가 도망을 치려고 했지만 허리를 움직이는 것조차 할 수 없었다.

그대로 드레스의 끈이 예리한 나이프로 서걱서걱 잘리는 소리가 귓가에 들려왔다.

"윌……. 그만둬요……."

비통한 목소리로 말했지만 윌프레드는 귀를 기울이지 않았다.

"……안 돼……. 이제, 만지지 말아요……. 부탁이에요……."

"내 것을 어떻게 하든 자유라고 말했을 텐데."

윌프레드는 어젯밤의 다정함 같은 것은 조금도 남아 있지 않다는 듯 아슈레이의 드레스를 벗겨 나갔다. 그리고 다리에 입고 있던 페티코트가 벗겨 내려가자 얇은 다리가 드러났다.

"……이게 마음에 든 건가?"

아슈레이가 신고 있던 것은 결혼식 때 신었던 것처럼 비단 스타킹을 가터벨트로 고정한 것이었다.

"아, 아니에요……. 밖을 돌아다니면 스타킹이 벗겨져 버리니까……."

그저 스타킹이 벗겨진다는 이유로 골랐을 뿐이다. 누군가에게 보여줄 생각이었던 것이 아니다.

"드로어즈(유럽의 남녀가 함께 입은 반바지식 속옷)도 입지 않고 다리를 무방비하게 둔 채로 밖을 돌아다니고 있었다니."

윌프레드가 놀란 듯한 어조로 중얼거렸다. 하지만 부피

가 큰 드로어즈를 입으면 가터벨트로 고정시킬 수가 없는 것이다. 둘 중 하나를 고르는 수밖에 없었다.

"……이상한 말 하지 말아요."

필사적으로 호소하는 사이에도 허리에 두른 천이 벗겨져 나갔다. 그러자 아슈레이는 코르셋과 다리에 걸쳐진 가터벨트, 그리고 스타킹만을 걸치고 있을 뿐인 믿을 수 없는 모습이 되었다.

"그렇게 사람들에게 보여주고 싶었던 거라면 남편인 내가 차분히 봐주지. 자, 다리를 벌려."

윌프레드는 아슈레이의 다리를 잡고 구부려 올린 모양으로 그녀의 몸 쪽으로 다리를 밀어 올렸다.

"……좋아. 이렇게 하니 전부 보이는군. ……아름다워."

그가 황홀한 듯한 표정으로 그녀의 비밀스러운 부분을 바라보자 아슈레이는 얼굴을 새빨갛게 하고 호소했다.

"보, 보지 말아요……."

필사적으로 다리를 움츠리려고 했지만 윌프레드가 강한 힘으로 밀고 있었기 때문에 숨길 수 없었다.

그대로 윌프레드의 얼굴이 다리로 가까이 다가가자 그의 뜨거운 숨결이 그녀의 비밀스러운 곳에 닿았다. 그러자 떨림이 온몸에 오싹 느껴졌다.

"보는 것만으로 멈출 것이라고 생각하고 있는 건가."

도전적인 눈빛을 아슈레이에게 보낸 윌프레드는 눈을 내리깔더니 새빨간 혀를 내밀었다. 그것을 눈치챈 아슈레이는 꽉 눈을 감았다.

외설스러운 곳을 핥으려고 하는 그의 모습을 볼 수 없었기 때문이었다.

"여긴가……. 제레미가 싫다고 말하더라도 몰아세우라고 말했던 곳이……."

그가 나직하게 불온한 말을 중얼거리자, 아슈레이는 무심코 원망하는 말을 흘렸다.

"……제레미가……? 대, 대체…… 위, 윌에게 무슨 말을……."

그러자 아슈레이의 다리를 잡고 있던 윌프레드의 힘이 더욱 세졌다.

"침실에서 다른 남자의 이름을 부르지 마. ……같은 남자의 이름을 두 번 불렀다간 죽여 버리겠어."

갑자기 무서운 협박을 받아 아슈레이는 비명을 지를 뻔했다. 부들부들 떨고 있는 그녀를 눈치챘는지 윌프레드는 의아한 듯 중얼거렸다.

"너를 죽인다는 것이 아니다. 상대 남자를 죽이겠다는 거지."

어느 쪽이든 사람을 위험한 상황에 처하게 하는 것은 똑같지 않은가. 게다가 제레미는 그의 친구이다.

이야기의 흐름에 비추어 볼 때 그녀가 바람을 피우고 있는 것조차 아니라는 것은 알고 있을 터다. 하지만 윌프레드는 그런 작은 것도 용납할 수 없는 듯했다.

"그러니까 전······."

아슈레이가 변명을 하려고 한 순간.

"조용히 해."

윌프레드의 길고 촉촉한 혀가 그녀의 은밀한 곳을 핥았다.

뜨겁고 꿈틀거리는 미끌미끌한 감촉이 누구도 만진 적이 없는 그녀의 비밀스러운 곳을 핥는, 형언할 수 없는 저릿함에 아슈레이의 몸에 경련이 일었다.

"흐, 응······ 읏!"

윌프레드는 그녀의 떨리는 꽃잎 같은 돌기를 스윽 핥은 후 강하게 쓱 빨아들이고는 만족스러운 듯이 중얼거렸다.

"여기도 사랑스럽군. ······마음에 들었다."

겉면을 벗겨내자 새빨간 꽃술이 드러났다. 그리고 그녀의 자그마한 그것을 미지근한 혀로 집요하게 굴렸다.

"······아, 안 돼······. 흐······ 으응······."

스스로 만지는 것도 주저되는 느끼기 쉬운 곳을 남자의 기다란 혀로 희롱당하고 있다. 그 유열에 어찔어찔 현기증이 났다. 아슈레이는 숨을 헐떡이면서도 열심히 윌프레드를 멈추려고 했다.

윌프레드는 아슈레이의 언니와 결혼을 하려고 하는 것이다. 그런 상대에게 안길 수는 없다.

이혼은 신을 향한 모독이다. 그렇기에 성실한 그는 그것을 용납하지 못하고 아슈레이와 마리벨 두 사람 모두를 자신의 곁에 두려고 하는 것인지도 모른다.

하지만 그렇게 되면 아슈레이의 마음은 부서져 버린다.

"이제……. 그만둬……."

떨리는 손가락 끝이 다리의 중심을 희롱하고 있는 월프레드의 머리카락에 닿았다. 필사적으로 떼어내려고 했지만 아슈레이가 몸부림을 칠 때마다 월프레드의 머리를 뒤죽박죽 흐트러뜨려, 마치 '조금 더 해줘요'라고 조르는 듯한 몸짓이 되고 말았다.

"싫지 않잖아. 봐, 젖어서 흐르고 있어. ……마치 이 구멍이 빨리 자신을 메워서 만족시켜 달라고 조르고 있는 것처럼 보이는군. 굉장해."

농담이나 거짓말을 한 적이 없는 월프레드에게 그런 말을 듣자 정말로 음란하게 젖은 그녀의 몸이 그를 조르고 있는 것은 아닌가 하고 착각할 것 같다.

"아니……. 이상한 소리 하지…… 말아요……."

고개를 옆으로 흔들흔들 저으며 안개가 낀 것 같은 의식을 되찾으려고 했다. 하지만 잘 되지 않았다.

다리가 경련을 일으키며 새하얀 하복부를 위아래로 움직이는 동안, 월프레드가 아슈레이의 입구에 그의 손가락을 눌렀다.

"안 돼엣, 만지지…… 말아……요."

스윽 하고 손가락 끝이 젖은 점막을 열어젖힌 순간, 그녀는 허리를 잡아당기려고 했다. 하지만 그의 팔에서 벗어날 수는 없었다. 그대로 뜨겁게 젖은 그녀의 안으로 남자의 딱딱하고 뼈마디가 뚜렷한 손가락이 들어왔다.

아프지는 않다. 하지만 손가락으로 무리하게 열린 이물감에 몸이 위축되는 것을 멈출 수 없었다.

"좁아. 하지만 젖어 있는 덕분인지 간단하게 들어가는군."

그녀의 안으로 침입한 윌프레드는 뜨겁게 떨리는 젖은 내벽의 감촉을 확인하려는 듯이 손가락을 커다랗게 선회했다.

철썩철썩하고 점액질의 물소리를 내며 그가 그녀의 내부를 휘젓자 움찔거리던 입구에 쾌감이 느껴져 소리를 지를 뻔했다.

"……아, 아흐……. 윌…… 싫어…… 엇. 소, 손가락…… 빼줘요……."

이불 위에서 허리를 비비 꼬며 그의 손가락에서 도망치려고 했지만, 역으로 그녀의 더욱 깊은 곳까지 그의 손가락이 휘젓기 시작했다.

그리고 이윽고 손가락은 두 개로 늘어나고 좌우로 벽이 열렸다. 뜨겁게 물결치는 내벽의 안쪽으로 차가운 공기가 들어와 더욱 몸부림을 칠 만큼 저릿함이 느껴졌다.

"하…… 아앗……. ……넓히…… 지…… 말…… 아요."

아슈레이는 푸른 눈동자를 젖히며 슬프게 떨리는 목소리로 말했다.

"어디까지 길을 들이면 되려나. ……내 것과 비슷할 정도로 하면 되려나?"

하지만 윌프레드는 그녀의 말을 듣지 않았다. 그러기는 커녕 더욱 손가락을 늘리며 벽을 열어갔다.

"그렇다면 이 정도는 되려나."

그리고 입구의 점막을 열려고 했다. 어젯밤에 다리 사이에 끼워져 고동치던 그의 것의 크기가 뇌리에 스쳐 지나가 아슈레이는 핏기가 가셨다.

"흐으…… 웃. 무리예요. ……그런 커다란 건 넣지 말……."

그의 것은 마치 흉기와도 같았다. 외설스러운 모양새도 무섭지만, 그렇게 커다랗게 부풀어 오른 것이 좁은 자신의 안을 통과한다는 것은 무리인 게 당연한 이야기이다.

"여자의 몸은 아이를 낳을 수 있게 만들어져 있다. 나의 것 정도는 익숙해지면 어떻게든 된다. 불평하지 마."

분명 그 말대로인지도 모른다. 하지만 간단히 말하지 말아줬으면 한다. 받아들이는 입장의 사람도 걱정해 주었으면 좋겠다. 너무나도 두려워 아슈레이가 흐느껴 울려고 하자 윌프레드의 목소리가 다정하게 바뀌었다.

"자, 곧 익숙해지게 해주지……."

윌프레드가 자신의 손가락으로 연 그녀의 입구에 꿈틀거리는 혀를 뻗어와 아슈레이는 몸을 흠칫거렸다.

"하…… 아, 앙. 안, 돼…… 혀, 넣지 말아…… 요."

닿아 오는 숨결의 열기나 몸에 뛰어 돌아다니는 욱신거림에 더욱 몸이 흥분된다.

"흐…… 읏, 익숙해질 필요 없이 받아들이고 싶은 건가."

─윌프레드의 입술로 느끼고 마는 자신의 꽃술을 좀 더 빨아올려 주었으면 한다.

아슈레이의 뇌리에 그런 음란한 애원이 지나쳐가 그녀는 부끄러움에 몸을 꼬았다.

"……싫…… 어."

이 무슨 경박한 생각을 하고 만 것일까. 이런 자신은 알지 못한다. 알고 싶지도 않았다.

"아니에……. 싫……. 싫…… 어요."

이 이상은 자신이 이상해질 것 같다. 부탁이니 이제 멈춰 줬으면 했다.

두 번 다시 돌이킬 수 없이 되기·전에.

"……안기게 되…… 면, ……이혼할 수 없게 돼…… 요."

수치심과 초조함에 안달이 난 아슈레이가 애절한 표정으로 말했다. 그러자 그것을 들은 윌프레드는 화가 난다는 듯이 얼굴을 일그러뜨렸다.

"누가 이혼 같은 것을 한다는 거지."

그렇게 말하고 그는 얼굴을 들었다. 그리고 몸에 두르고 있던 재킷을 벗어 던지고 장절할 정도의 살기와 색기를 섞은 눈빛으로 아슈레이를 바라보았다.

"이제 이 이상, 기다릴 수 없다. 지금 당장 내 것으로 만들어서 다른 남자 같은 건 생각하지도 못하게 해주지."

월프레드는 당장이라도 아슈레이를 안으려고 하고 있었다.

그것을 눈치챈 아슈레이가 부들부들 떨고 있자, 그는 금 속음을 내며 버클을 풀고 다리에 입고 있던 바지를 느슨하게 했다.

"……월, 그만둬…… 요."

아슈레이는 벌려져 있던 다리를 움츠리고는 자신의 몸을 감싸려는 듯 이불 위에서 웅크리고 있었다.

하지만 다시금 커다랗게 다리가 벌려져, 부풀어 오른 그의 것이 그녀의 은밀한 곳을 비집고 꽉 눌러 왔다.

"너를 안는 것은 평생 동안 나뿐이다. 잘 기억해 둬."

아슈레이의 무릎을 그녀의 가슴에 닿을 정도로 강하게 꽉 누르고, 월프레드가 위에서 그녀를 덮어왔다.

우지끈하고 내벽이 늘어나는 파열의 아픔에 그녀의 화사한 몸이 몸부림을 쳤다.

"하아…… 앙, 크…… 으읏…… 흐으응."

허리가 물결치며 아슈레이는 비통한 목소리를 질렀다. 하지만 부풀어 오른 딱딱한 끝부분은 삽입을 반복하며 그녀의 안으로 밀고 들어왔다.

좁은 그녀의 내부가 남자의 욕망으로 인해 넓어지며 맹렬히 내벽을 메워갔다.

"……하아……. 하아…… 앗. ……싫어…… 엇."

땀이 나는 온몸을 흔들며 아슈레이가 밀려 올라가는 물고기처럼 몸을 튕기고 있자 윌프레드는 쉰 목소리로 중얼거렸다.

"이 무슨…… 음란한 감촉인가. ……너, 차기 국왕인 나를 타락시킬 셈인가……."

그녀의 가장 내부까지 작렬하는 그의 것으로 꿰뚫리자, 아픔에 위축하는 내벽을 희롱하듯이 허리가 흔들리기 시작했다.

"……흐…… 웃, 아파…… 요. ……싫어……. 움직이지 마……."

뿌리 부분의 잘록한 부분으로 문지르자 그녀의 내벽이 전율했다.

맥박 치는 그의 것이 몸 안에서 꿈틀거리고 있다. 그가 커다랗게 빠져 나오면 오싹하고 저릿함이 느껴지고, 밀려 올라갈 때마다 동통이 몸속을 뛰어다녔다.

그 행동을 반복함에 따라 아슈레이는 얼굴을 뒤로 젖히고 떨고 있을 수밖에 없었다.

남자와 몸을 잇는다는 것이, 이 정도로 몸과 마음을 침략당하는 것이라고는 생각지도 못했었다.

"……찌르지 말…… 아요. ……안 돼……. 안이…… 이상…… 이상해져……."

쉰 목소리로 말했지만 그는 삽입을 멈추지 않았다. 그러기는커녕 율동이 더해져 더욱 강하게 꿰뚫리기 시작했다.

"……하…… 읏!"

그녀의 자궁 입구가 쿡 하고 강하게, 부풀어 오른 그의 끝부분에 의해 찔렸다. 그러자 수축한 벽이 윌프레드의 것을 강하게 물었다.

"흐으…… 읏!"

몸부림을 치는 아슈레이를 윌프레드는 정욕에 가득 찬 눈빛으로 노려보았다.

"이렇게나 사람을 부채질 해놓고 그만두라고? 어이가 없는 여자로군."

다리의 뒷부분을 잡은 윌프레드의 손이 움직이자, 그의 것에 꿰뚫린 엉덩이가 이끌려 위아래로 흔들렸다.

"……하…… 하앙……."

스르륵 하고 흠뻑 젖은 그의 것이 그녀의 안에서 빠져 나갔다가, 주르륵 하고 음란한 꿀이 넘쳐흐르는 꿀단지로 밀어 올려졌다.

그가 단단하게 넘쳐 그녀의 내벽을 둥글게 돌아다니자 아슈레이는 목을 떨며 애원했다.

"이……. 빨리…… 빼줘…… 요."

타오를 듯이 뜨거운 그의 것에 찔려 온몸의 체온이 상승하고 있다. 자궁의 맨 밑바닥에서부터 밀려 올라오는 유열에 한층 더 욕구가 높아진다.

이대로라면 음란한 요청을 해버리고 만다.

그 전에 한시라도 빨리 행위를 끝내주었으면 했다.

"움직이지 말라고 하거나, 빼라고 말하다니 귀찮은 녀석이다. ……그렇지 않으면 안에 내뿜어 달라는 명령인가."

한탄을 하는 윌프레드에게 한층 더 격렬하게 허리를 흔들려 쓰러졌다.

"흐으…… 웃. 아니에……. 싫…… 싫어…… 요."

너무나도 격렬한 움직임에 아슈레이는 눈물을 머금고 물결치는 금발을 흔들며 애원했다.

수축하는 내벽이 몇 번이나 그의 것의 머리 부분에 의해 문질러진다.

몸의 안쪽에서부터 흘러넘치는 액체가 먼저 나온 것과 섞여 하얗게 거품을 일으키는 음란한 소리가 방 안에 울려 퍼진다.

딱딱한 그의 것의 뿌리 부분이 그 희뿌연 액체를 아슈레이의 안에서 퍼내 이불을 더럽혀 간다.

"여기가 아닌 건가? 어디를 찔러주길 원하는 거지. 말해. ……아아, 말하지 못해도 괜찮다. 전부 찔러서 찾아내 주지."

그렇게 윌프레드는 짐승처럼 사납게 날뛰는 그의 것으로 아슈레이의 내부를 종횡무진 밀어 올라갔다.

"흐웃……! 아, 아, 아아앗!"

잘게 허리를 흔들고 안겨 있던 다리에 경련을 일으켜, 아슈레이는 달콤한 헐떡임을 흘리며 움찔움찔 몸부림을 쳤다.

"아아, 여기다."

—그리고 매우 잘 느끼는 장소를 찔린 순간.

"흐웃……! 싫어……. 거기, 안 돼, 안 돼, 아, 하아……
나…… 가버…… 려."

한층 높은 교성이 목에서 흘러 나왔다.

윌프레드가 그의 것으로 찌를 때마다 몸 안에서 격렬한
서릿함이 느껴져 음란한 내벽이 꽈악 하고 준동한다.

머릿속이 새하얗게 되어 '그만뒀으면 좋겠다'고 흐느껴
울면서도 스스로 허리를 흔들게 된다.

"거짓말 하지 마. 기분 좋잖아. 자, 얼마든지 문질러 줄
테니."

민감하게 반응해 버리는 장소를 굴리듯 강하게 문질러와
허리가 마구 움직인다.

두터운 줄기에 꽃잎이 잡아당겨져 쓱 하고 단단하게 뾰
족해진 꽃술이 자극을 받자 이제 무엇도 생각할 수 없을 정
도의 욱신거림에 몸이 지배되어 버렸다.

"항……. 하…… 앙. 흐으…… 웃! 하아…… 아, 아. 하아
아아!!"

아슈레이의 애절한 표정에 맥박을 치는 그의 것이 강하
게 물리며 부들부들 허리가 경련했다. 그러자 윌프레드가
몸을 부들 떨고는 그의 것을 고동치게 했다.

—그 순간.

의식이 어딘가로 날려가 버릴 듯한 부유감에 뒤로 몸을

젖히고 있던 아슈레이의 내부에 뜨겁고 격렬한 물보라가
내뿜어졌다.

"하아…… 앗, 하아, 하아, 하으…… 읏!"

느른하게 몸을 이완시킨 아슈레이는 뒤늦게 그가 정액을
내뿜은 것을 눈치채고 당황했다.

"어…… 어떻게 하지……. 나, ……나……."

큰일을 내고 말았다. 이래서는 윌프레드의 곁을 떠날 수
가 없다. 아슈레이의 눈꼬리에 맺힌 눈물이 주르르 방울져
떨어졌다.

"이걸로 네 배 속에는 마셜로트 제국의 적자를 품을 가
능성이 생겼다. 이제 두 번 다시 다른 남자의 곁으로 시집
을 간다는 생각은 하지 마."

그런 그녀를 내려다보면서 윌프레드는 잔혹한 선언을 했
다.

"하아…… 하아……. 설령 잉태하지 않았다고 하더라도
앞으로 매일 안아주지."

숨을 흐트러뜨리면서도 그렇게 말하고는, 안고 있던 아
슈레이의 다리를 침대로 내려놓았다.

그리고 기력이 빠진 그의 것을 아슈레이의 안에 밀어 넣
은 채로 그녀가 입고 있는 코르셋의 끈을 풀기 시작했다.

"……윌……. 이제…… 용서해……."

몸도 마음도 전부 윌에게 빼앗겨 버린 아슈레이에게 저
항할 기력 같은 것은 남아 있지 않았다.

그저 가냘픈 목소리로 호소할 수밖에 없었다.

윌프레드는 그녀의 이야기를 들으려고도 하지 않고 가슴 봉우리를 드러냈다. 그리고 황홀한 듯한 표정으로 손을 뻗어 부드러운 젖가슴을 주물렀다.

"드디어 네 가슴을 만지는군. ……아침부터 계속 참고 있었다."

이제 막 절정에 달했던 민감한 몸은 약간의 애무에도 녹아버릴 정도로 쾌감에 약했다.

옆으로 흘러내리는 젖가슴도 전부 손바닥으로 떠올려 완급을 조절하며 주물러 갔다.

그녀의 가슴이 주물러질 때마다 손가락 사이에 끼워진 돌기가 자극을 받아 저릿함과 간지러움이 섞인 쾌감이 온몸에 느껴졌다.

"……흐…… 으…… 응. 앗."

윌프레드는 몸부림을 치는 아슈레이의 가슴에 얼굴을 가까이 대고 그녀의 가슴에 푹 빠져 단단하게 뾰족해진 돌기를 핥았다.

"하아…… 앗, 하아…… 앙."

유륜까지 통째로 뜨겁게 젖은 입안에 물고는 유두를 빨려는 듯 훑어 올려갔다.

마치 하늘에서 내려온 감로를 발하는 꿀이 그곳에 있는 것 같은 집요함이다.

"……그, 그렇게 ……빨지 말…… 아요. ……하, 으

으…… 웃, 이를…… 세우면…… 싫어…… 엇, 하으……
응."

달짝지근하게 깨무는 저릿함에 아슈레이의 몸이 움찔 튀
어 올랐다.

그러자 사정으로 인해 정액투성이가 된 그의 것이 다시
부풀어 올라 각도를 지닌 채 일어서는 것을 깨달았다.

"아, 하아……."

정욕의 교환은 아직 끝나지 않은 것이다.

그렇게 생각하자 아슈레이의 몸이 전율했다.

"좀 더 하는 거다……. 부족해……. 좀 더 너를 핥아주
지."

기교가 좋은 혀로 돌기를 핥아 굴리며 몇 번이나 애무를
받는 감촉에 아슈레이는 참을 수 없어져 흐느껴 울었다.

음란한 물소리와 함께 월프레드는 넘치는 타액을 홀짝거
리고는 아슈레이의 돌기를 더욱 빨아올렸다.

남자의 욕망 같은 것은 알지 못했던 무구한 몸이 월프레
드의 손에 의해 음란한 것으로 바뀌어가는 듯했다.

"……하아…… 앗. 이제…… 용서해……. 그렇게 빨
면……."

간지러웠을 뿐이었던 감촉이 몸을 비틀수록 저릿함으로
바뀌어, 좀 더 만져달라는 듯이 손톱 끝이 경련을 일으켰
다.

"하…… 앙, 하아…… 앗."

아이를 갖지 않았음에도 미발달한 젖샘까지 열릴 것 같은 애무다.

"참을 수 없어……. 누가 윈스터레이크의 왕자 따위에게 넘겨줄 줄 알고."

집요하게 아슈레이의 가슴에 매달려 떨어지지 않던 월프레드가 얼굴을 들고 아슈레이의 발을 자신의 어깨 위로 안아 올렸다.

불안정한 자세가 괴로워 다리를 버둥거리며 도망치려고 했지만 부글부글 끓어오르는 그의 것에 마구 찔리기 시작했다.

"흐…… 으읏. ……어, 어째서…… 이런……."

월프레드는 마리벨과 결혼을 하려고 한 것이 아닌가.

원하던 신부를 드디어 손에 넣을 수 있게 되었는데, 어째서 그가 아슈레이를 원하는 것인지 알 수 없다.

"너는 딕을 좋아했었지. 그 녀석을 보는 눈을 보면 알 수 있어."

"그건……."

분명 아슈레이는 윈스터레이크 왕국의 딕 왕자를 좋아했었다.

하지만 그것은 어린아이가 마음에 품고 있었던 동경이라는 것을 깨달은 것이다.

지금 아슈레이가 마음을 빼앗긴 것은 눈앞에 있는 월프레드이다.

오해를 풀려고 하는 그녀에게 윌프레드는 차갑게 말했다.

"……하지만 두 번 다시 만날 수 없다고 생각하는 게 좋을 거야. 나의 아이를 잉태할 때까지 이 방에서 나갈 수 없어."

"에…… 엣."

갑작스러운 선언에 머릿속이 새하얘진다.

"내일부터는 이 방에서 집무를 볼 생각이다. 24시간 곁에서 떨어지지 마. 다리를 벌리고 그저 나에게 안기는 것만을 생각하는 거다."

즉, 아슈레이를 감금하겠다는 것이다.

"어째서 그런 심한 일을……."

멍하니 있는 아슈레이에게 윌프레드는 자조적인 기색으로 웃으며 대답했다.

"……그래, 너는 비련의 노래 가사를 바꾸면서까지 좋아하는 남자와 이어지기를 원한 것 같더군. ……유감이지만 도움은 오지 않아. 단념해."

그가 말하고 있는 것은 농원으로 시찰을 나갔을 때 아슈레이가 불렀던 노래 가사에 대한 것이다. 슬픈 사랑 노래의 가사를 바꾼 것은 그들이 슬픔을 뛰어 넘어 행복을 얻었다고 믿고 싶었기 때문이었다. 자신의 사랑이 이루어지면 좋겠다는 소원을 담은 것이 아니다.

다른 나라의 노래까지 정통해 있는 윌프레드의 박식함에

놀라고 있을 때가 아니다.

빨리 오해를 풀지 않으면 안 된다.

"아니에요…… 그건……."

아슈레이가 설명하려 하자 월프레드는 어깨에 안고 있던 그녀의 다리에 아플 정도로 달라붙었다.

"변명 같은 것은 필요 없어. 나에게 거짓말을 할 거라면 차라리 말하지 마."

그렇게 사실을 전하지도 하지 못한 채 다시 한 번 그의 것이 삽입을 시작했다.

미끈미끈한 감촉에 아슈레이의 몸에 부들거리는 떨림이 뛰어 돌아다녔다.

딱딱한 끝부분이 사정없이 꿰뚫어 들어오자 내벽에 내뿜어진 정액이 역류해 접합 부분에서 주르륵 흘러넘쳤다.

"……크…… 흐…… 흐응. ……하…… 앗, 하아…… 앗."

시트가 등을 문질러와 아슈레이는 요염한 표정을 띠며 몸부림쳤다.

쾌감으로 늘어진 자궁에 월프레드는 정액을 내뿜자마자 굴리듯 밀어 올라갔다.

"앗, 아……앗! 배 안쪽이……!"

꽈악 하고 음란하게 물결치는 안쪽이 차츰 격렬한 유열을 가져온다.

"……아, 안 돼……. 아, 아이가…… 생겨 버……."

아슈레이는 이제 그만두어 달라고 열심히 호소했다.

"몇 번이나 해주지. 너는 내 아이를 품을 거다. 놔줄 수 있을 것 같은가."

올라간 아슈레이의 엉덩이에 몇 번이나 허리를 부딪치며 윌프레드는 흥분한 그의 것으로 그녀의 내부를 터뜨려 갔다.

"윌……. 그렇게 격렬하게 하지 말…… 아요. 부서져 버려……."

볼록하게 부풀어 오른 내벽이 그의 욕망에 착 달라붙어 생생한 형태가 전해져 왔다.

"……아, 아하앗, 흐으읏."

이 상태로는 이상해져 버린다.

혼탁해져 가는 의식. 쾌감에 복종하는 몸. 윌프레드밖에 비치지 않는 눈동자.

그리고 그밖에 생각하지 않는 마음. 그 모든 것이—

아슈레이의 모든 것이 윌프레드로 가득 차고 지배되어 간다.

"부서진다고? 네가 처음에 내 이성을 부서뜨렸어. ……이렇게 음란한 가슴으로 유혹하고, 외설스러운 너의 내부로 나의 것을 물고, 딱 달라붙는 듯한 피부로 이성을 없애고, 달콤한 향기로 탐하고……. 이렇게까지 사람을 미치게 해놓고 다른 남자의 곁으로 보낼 수 있을 것 같으냐."

분노가 섞인 목소리로 말하고는 윌프레드는 허리를 흔들며 아슈레이의 가슴을 움켜쥔다.

"처음 만났을 때, 너의 너무나도 아름답고 고혹적인 목소리에 세이렌인가 하고 착각했었는데. ……그것보다도 질이 나쁜 여자였군."

아플 정도의 애무인데도 그녀의 안과 젖가슴을 동시에 희롱당해 온몸이 부들부들 흔들렸다.

"하지 말아…… 요. 저는 아무것도……."

팽팽해진 그의 것이 아슈레이의 가장 안쪽을 희롱하고 기세 좋게 끌고 가 다시 한 번 격렬하게 안쪽을 찔러 간다.

"사람을 미치게 해놓고 태연하게 다른 남자의 곁으로 가려고 한 몸으로? ……얌전히 책임을 져. 네 전부를 핥고 자궁 입구도 억지로 열어 몇 번이나 아이를 품게 해주지."

그는 그녀의 허리를 안은 후 안쪽에 뿜어진 정액을 역류시키려는 것처럼 높은 위치로 그녀의 허리를 안았다.

그리고 가차 없이 그의 것이 삽입되어 그녀의 몸이 뒤흔들렸다.

"하…… 아아…… 앗. 흐으으읏!"

커다랗게 등이 뒤로 젖혀지고 쾌감의 파도에 의식을 빼앗기려 할 때마다 격렬한 삽입 때문에 정신이 되돌아온다.

한 번 내뿜은 탓인지 윌프레드는 좀처럼 절정에 달하지 못했다.

숨을 흐트러뜨리면서도 윌프레드는 부풀어 오른 그의 것으로 끝없이 아슈레이를 찔러 올려 집요하게 몰아세웠다.

"……아슈레이…… 도망가게 놔둘 줄 알고. ……하

아…… 앗, 하아…….”

“이제…… 이제 용서해…….”

허리를 음란하게 구부리며 아슈레이가 애원했지만 월프레드는 행위를 멈추려고 하지 않았다.

“허리를 흔들면 넘쳐흐르는군……. 젠장.”

팽팽해진 그의 것이 애액과 함께 그의 체액을 밖으로 빼내는 것을 깨달은 월프레드는 짜증스러운 듯이 혀를 찼다.

남김없이 아슈레이에게 쏟아부어 한시라도 빨리 아이를 잉태하게 만들려는 것이다. 그 기백에 아슈레이는 전율하지 않을 수 없었다.

“하지만 움직이지 않고 있을 수 없군. 놀라운 몸이다.”

“윌…… 이, 이제 멈춰요…….”

짐승 같은 격렬한 행위에 아슈레이는 그저 흐느껴 울 수밖에 없었다.

이제 봐주었으면 했다.

호소하는 그녀의 몸을 몹시 뒤흔든 월프레드는 결국 그 욕망이 부풀어 올라 아슈레이의 내부에 그의 것을 쏟아부었다.

“아슈레이……. 나의 모든 것을 받아줘. ……나온다, ……아직이다. 바로 설 수 있도록 하지.”

뜨겁게 내뿜는 그의 액체를 받으며 아슈레이는 결국 의식을 잃었다.

제5장
숨 막힐 듯한 꽃향기

"······우······ 웃."

머릿속에 안개가 낀 것처럼 멍하니 있었다.

숨쉬기가 힘들고 물속으로 가라 앉아가는 것 같은 불안을 느낀다.

"······윌······."

쉰 목소리로 이름을 부른다. 윌프레드는 아까 전. 그렇게 화를 내고 있었다. 가까운 곳에서 그녀가 물에 빠져 있어도 그는 아슈레이 같은 것은 내버려 둘지도 모른다.

그런 슬픔에 괴로워하고 있자 강인한 팔이 몸에 둘러졌다.

"무슨 일이지?"

바로 옆에서 그의 목소리가 들렸다. 그리고 아슈레이의 볼이나 눈꺼풀, 이마와 곳곳에 몇 번이나 다정하게 입맞춤을 했다.

그는 그렇게도 격앙해 있었던 것이다. 아직 오해도 풀리지 않았는데 간단히 분노가 식을 리 없다. 분명 이것은 꿈이라고 생각해, 아슈레이는 든든한 가슴에 손을 대고 어깨에 볼을 가까이 했다.

"……가지 말아요……."

두둥실 떠오르는 부유감. 따뜻한 물에 몸을 담그고 있는 것처럼 중력이 그다지 느껴지지 않는다. 언제까지나 이곳에 있고 싶었다. 꿈속이라면 뜻대로 될 가능성이 있다.

"나는 여기에 있어. 잠꼬대를 하고 있는 건가."

아아. 역시 이것은 꿈인 것이다.

윌프레드의 온기에 안겨 있고 싶어서 아슈레이는 그의 목에 팔을 두르고 꼬옥 강하게 달라붙었다.

"잠꼬대를 해도 괜찮지만. ……무슨 일을 당해도 화내지 말라고."

자조적인 기색으로 웃은 윌프레드가 다정하게 등을 어루만져 와 휴우 하고 숨을 내쉬었다. 마치 조국에서 이 마셜로트 제국으로 왔을 때 같다.

윌프레드의 품 안에 있으면 무엇도 걱정할 필요는 없다. 그저 그렇게 믿고 있던 때는 행복했었는데.

왕자가 몇 명이나 부인을 두는 것은 당연한 일이다. 그럼에도 자신만을 곁에 두었으면 하고 바라는 것이 잘못인 것이다.

그가 언니인 마리벨을 신부로 맞아들여 아슈레이의 곁에 있을 수 없다고 하더라도, 자신은 그것을 슬퍼하는 것조차 용서받지 못하는 입장이라는 것을 잊고 있었는지도 모른다.

그의 다정함에 분명 어리광을 피우고 있었던 것이다.

"……미안해요……."

아슈레이는 울음을 터뜨릴 것처럼 사과를 했다.

"나는 결코 이혼 같은 것은 하지 않아."

"……네……."

전부 월프레드가 바라는 대로 하면 된다. 아슈레이는 그저 받아들일 수밖에 없기 때문에. 하지만 고개를 끄덕이면서도 아슈레이는 울음을 터뜨릴 것 같았다.

필사적으로 오열을 참고 있자 탐색하는 듯이 월프레드가 말했다.

"이해해 준 건가? 난폭한 행동을 해서 미안했어."

그리고 쪽 하고 귓불에 입맞춤을 했다. 간지러운 감촉에 몸이 부르르 떨렸다. 껴안아주는 힘이 기분 좋아서 이대로 녹아버릴 듯했다.

"마리벨과 결혼해도…… 나를 잊지 말아줘요……."

아슈레이는 작게 숨을 쉬면서 말했다. 매일 얼굴을 보고 싶다는 어리광은 말할 수 없다. 적어도 일주일에 한 번이라도, ……한 달에 한 번이라도 좋으니 윌프레드에게 이렇게 안겨 있고 싶었다.

"저기. 무슨 말을 하고 있는 거지. 나는 전혀 의미를 모르겠는데. 정말로 잠꼬대를 하고 있나 보군."

그가 톡톡 하고 가볍게 이마를 때려 아슈레이는 의식이 되돌아왔다.

"흐…… 응."

"자, 일어나."

기분이 나쁜 듯한 목소리를 듣고 아슈레이는 눈썹을 찌푸리면서 고개를 들었다.

윌프레드는 어째서 꿈속인데도 화를 내고 있는 것일까. 방금 전까지는 다정했었는데.

"……?"

흐리멍덩한 눈꺼풀 위로 부드러운 입술이 닿아왔다. 그리고 바로 그녀의 입술이 막혔다.

"흐으…… 읍, 읍……."

입안으로 들어온 혀가 아슈레이의 혀를 휘감고는 몇 번이나 빨아올렸다.

"……흐으……. 흐…… 읏."

코끝으로 호흡을 하려고 했지만 숨 막힐 듯한 장미 향기와 열기 때문에 어찔어찔 현기증이 났다.

―혹시 이것은 꿈이 아닌 것일까.

아슈레이가 그런 생각을 떠올렸을 때 의식이 급격하게

되돌아왔다.

"월?"

곁에 있는 월의 정한한 용모, 그리고 그의 늠름한 몸에 달라붙어 있는 자신의 팔. 한순간 지금 상황이 이해가 가지 않아 아슈레이는 정신이 새하얘졌다.

하지만.

"……꺄, 꺄아악! 매, 맨몸……."

황급히 손을 놓고 허둥지둥 당황하며 도망치려고 했지만 몸이 움직이지 않는다.

욕조의 안에는 장미 향기가 나는 유백색의 따뜻한 물이 가득 차 있었지만, 그 수면이 커다랗게 흔들려 물보라가 일었다.

바동거리며 발버둥을 치고 있자 움직일 수 없는 것은 월 프레드에게 강하게 꽉 안겨 있기 때문이라는 것을 뒤늦게 깨달았다.

"놔, 놔줘요……."

얼굴을 새빨갛게 물들이며 아슈레이는 말했다. 두 사람 모두 아무것도 몸에 걸치지 않은 탓에 맨살이 닿고 있는 것이다. 이런 상황을 견딜 수 있을 리가 없다.

"그만큼 몇 번이나 잠자리를 나눈 상대에게 지금 와서 무슨 말을 하는 거지."

그가 어이없어 해도 가만히 있을 수는 없었다.

"시, 싫어……. ……부끄러워요……! 됐으니까 놔줘

요……."

버둥거리며 날뛰자 윌프레드를 밀치고 있자 그가 나직하게 중얼거렸다.

"날뛰면 보인다고."

정신을 차려 보니 아슈레이의 가슴이 탕 속에서 절반 이상 나와 있었다.

"……앗."

탕에 몸을 담그고 있으면 윌프레드의 시선에서 벗어날 수 있다고 생각하자 더욱 부끄러움이 밀려왔다.

얼굴이 새빨개진 채로 유백색의 탕에 몸을 담그고 있자 그가 그녀를 꽉 안았다.

"바보로군."

그리고 그대로 아슈레이의 관자놀이나 볼에 입맞춤을 했다. 간지러움과 견딜 수 없는 기분에 그녀는 몸을 움츠렸다.

아슈레이를 보고 있는 윌프레드의 눈동자는 뜻밖에도 다정했다.

다른 여성과도 결혼을 하려는 상황에서 어째서 그런 눈동자로 자신을 바라보는 것일까.

아슈레이가 슥 시선을 피하자 그는 그녀의 입술을 빼앗고는 각도를 바꾸어서 몇 번이나 입맞춤을 해왔다. 마치 사랑스러워서 견딜 수 없다고 말하는 듯한 키스였다.

"흡……. 흐…… 읏."

가슴은 괴로운데 입맞춤은 녹아들 것 같이 기분이 좋아서 아슈레이는 다시 한 번 윌프레드에게 달라붙을 뻔했다.

　하지만 그 직전에 그 욕구를 참았다. 그리고 긴 키스가 끝나고 드디어 입술이 떨어지자 윌프레드가 의아한 듯이 물었다.

　"그런데 마리벨은 누구지?"

　믿을 수 없는 말에 아슈레이는 멍해졌다.

　"네? ……어째서 결혼하려는 상대의 이름을 모르는 건가요?"

　윌프레드는 마리벨에게 결혼 신청을 하기 위해 일부러 멀리서 첼시레인 영세중립국까지 찾아왔을 터이다. 게다가 도착한 날 밤에 열린 무도회에서 인사도 받았을 것이다.

　"바보 같은 말 하지 마. ……내가 어째서 그 여자와 결혼을 하지 않으면 안 되는 거지."

　그의 목소리는 거칠어져 있어 당장에라도 화를 낼 것 같은 분위기였다. 아슈레이는 어째서 윌프레드가 미간을 찌푸리고 있는지 전혀 이해가 가지 않았다.

　"그러니까, 딕님과 신부를 교환한다고……."

　그것은 윌프레드가 매우 원하고 있던 것일 터다. 그렇기에 아슈레이는 이 나라를 떠날 준비를 한 것이었다.

　"아아, 그러고 보니 네 언니가 마리벨이라는 이름이었군. 흥미가 없어서 잊어버리고 있었다. 딕의 신청은 몇 번이나 거절했다. 나는 허가 따위 한 적 없다."

흥미가 없다니 도대체 어찌 된 일일까.

아슈레이는 자신이 아직 꿈속에 있는 것인가 하고 의심했다.

"어째서요? 윌은 마리벨에게 결혼을 신청하기 위해 첼시 레인에 왔을 텐데……."

아슈레이가 당황하며 물었다. 그러자 그는 그녀의 부드러운 볼을 꼭 집었다.

잡아당겨진 볼이 아팠다. 아무래도 꿈은 아닌 듯했다.

하지만 볼을 꼬집은 손가락은 계속 떨어지지 않았다. 아슈레이는 싫다고 도리질을 하듯이 고개를 흔들며 윌프레드의 손가락을 떼어내려고 했다. 하지만 그는 쿡쿡 웃으며 집요하게 볼을 쪼거나 꼬집었다.

"싫…… 어요."

결국 진심으로 소리를 지르자 윌프레드는 '화내지 마'라고 말하며 그녀를 달래고는 이번에는 몇 번이나 볼에 입맞춤을 했다.

"……흐……웃, 얼버무리지 말아요. ……이야기…… 계속 해요……."

아슈레이가 묻자 할 수 없다는 듯이 윌프레드는 한숨을 쉬었다.

"소문이 자자한 공주를 만나보고 마음에 든다면 결혼 신청을 할 생각으로 간 것뿐이다."

윌프레드는 그것이 뭐 잘못되기라도 했냐는 듯이 말했다.

"그러니까 소문이 자자한 공주라는 건 마리벨 아닌가요……?"

아슈레이는 혼란스러웠다. 윌프레드는 어째서 질린 듯한 표정을 짓고 있는 것일까.

"소문이 사자한 공주는 너를 말한 거다."

그가 자신을 사랑스럽게 바라보자 그녀는 심장의 박동이 두근거리며 빨라졌다.

"아니에요……. 저는 아름답지도 않고, 노래도 잘하지 못하는 걸요."

그는 귀와 눈이 좋지 않은 것일까……. 그렇지 않으면 납득이 가지 않는다.

윌프레드는 아슈레이의 노래를 들었을 것이기 때문이다.

"너는 어째서 그런 오해를 하는 거지? 아아. 그 근성이 썩어 있을 것 같던 여자가 무슨 짓을 했겠지. 덕분에 윈스터레이크 왕국의 왕자에게 선두를 뺏기지 않고 끝났으니, 일단은 감사해야 하는 건가."

제멋대로 납득한 듯한 모습의 윌프레드를 앞에 두고 아슈레이는 그저 고개를 갸웃거렸다.

"……무슨 말을 하는 거예요?"

이야기의 내용을 전혀 이해하지 못하고 있는 아슈레이에

게 윌프레드는 타이르듯이 말했다.

"나는 틀림없이 너에게 결혼을 신청했다. 다른 여자를 부인으로 들일 생각은 평생 없어."

뜻밖의 말에 아슈레이는 눈을 동그랗게 떴다.

"무, 무슨 말을 하는 거예요? 딕님에게 선두를 빼앗겨서 마리벨이 이미 결혼상대를 정해 버렸기 때문에 저에게 결혼 신청을 한 거잖아요? '할 수 없군' 이라고 말했었잖아요."

아슈레이가 반론하자 윌프레드는 깊게 한숨을 쉬었다.

"호수에서 너를 보고 반해 버렸기 때문에 '할 수 없이' 무리하게 데리고 온 거다. 네가 명성이 자자한 공주가 아니었다고 하더라도 나는 반하지 않은 상대에게 결혼 신청 따위는 하지 않아."

엉망진창이었다. 어떤 세계에 '할 수 없이' 사람을 납치하여 자신의 신부로 삼는 왕자가 있다는 건가.

그런 말은 이야기로도 들은 적 없다.

"……그럼, 윌은…… 내가 좋은…… 건가요?"

설마…… 하고 생각하면서 아슈레이는 그렇게 물었다.

"당연하잖아. 좋아하지도 않는 여자와 결혼해서 아이를 낳게 하려고 하는 남자가 어디에 있겠어."

그렇다면 아슈레이가 줄곧 고민하고 있었던 것은 전부 쓸데없는 것이었다는 이야기가 된다.

아슈레이는 눈물을 참고 윌프레드와 헤어지는 것까지 각

오하고 있었는데 말이다.

"빨리 말해줬으면 좋았잖아요!"

그녀가 화를 내는 것도 무리는 아닌 이야기다.

"무슨 말을 하고 있는 거지. 나는 제대로 말했다고. 나와 결혼해서 아이를 만들자고."

분명 윌프레드는 그런 말을 하긴 했었다. 하지만 가장 먼저 해야 할 말을 빼먹은 것이다. 그렇기에 아슈레이는 자신이 언니의 대역일 뿐이며 윌프레드에게 사랑받지 못하고 있는 것이라고 생각했던 것이다.

"가장 중요한 말을 빠뜨렸잖아요!"

울컥하며 아슈레이가 언성을 높이자 윌프레드는 의미를 알 수 없다는 듯이 고개를 갸웃했다.

"뭐지? 말해봐."

사랑하고 있다고 말해주었으면 한다……. 자신이 그렇게 부탁해서 그 말을 듣는다고 해도 기쁘지 않다. 아슈레이는 얼굴이 새빨개진 채로 그저 가만히 윌프레드를 노려보았다. 그러자 한동안 생각에 잠긴 후 그는 아슈레이에게 물었다.

"……웃! 설마, 내게 사랑의 속삭임 같은 것을 해달라는 건가? 마, 말도 안 되는 말은 하지 마. 그런 것은 일일이 말하지 않아도 알고 있지 않나."

윌프레드는 언뜻 보기에도 당황해 있었다. 사람에게 그런 외설스러운 행위를 잔뜩 한 주제에 어째서 말 한마디를 입에 담는 것만으로 얼굴이 붉어지는 것일까.

"월프레드의 마음을 알 수 없으니 말해주었으면 해요. ……전, ……이곳을 나가서 당신 이외의 사람과 결혼을 하지 않으면 안 되는 것인가 하고 불안해져서……."

월프레드의 곁에 있어도 되는 걸까? 아직 현실감이 느껴지지 않는다. 그가 말해 주었으면 했다. 자신이 그의 곁에 있어도 된다고.

"너는 딕에게 반해 있었을 터다. 그렇기 때문에 내게서 도망치려고 한 것 아닌가."

평소에는 사람 마음의 미묘한 감정 같은 것은 전혀 알지 못하면서, 어째서 월프레드는 그런 식으로 눈치채지 못했으면 하는 것은 재빠르게 알아채는 것일까.

"……딕님은, ……동경하고 있었을 뿐이고……. 저는……."

지금 아슈레이가 좋아하는 것은 월프레드뿐이다. 하지만 단 한마디로 전할 수 있을 터인 마음을 말하는 것이 되질 않는다.

아슈레이는 어색함에 눈을 굴리고는 말을 얼버무렸다. 그러나 월프레드는 강한 시선으로 그녀를 바라보며 뒷말을 재촉했다.

하지만 그럼에도 그녀가 입을 다물고 있자 그가 천천히 물었다.

"나를 좋아하는 건가."

아슈레이는 눈을 크게 뜨고 숨을 삼켰다.

부끄러워하지도 않고 직접적으로 묻지 말아 주었으면 했다. 아슈레이는 그의 질문을 얼버무리지 못한다.

"빨리 말해."

재촉을 받은 아슈레이는 결국 각오를 굳혔다.

"……좋아해요."

윌프레드가 좋다. 아슈레이가 그 말을 전한 순간―

그는 그녀의 옅은 복숭앗빛 입술을 빼앗고는 바로 떨어졌다. 하지만 한 번으로 끝내지 않았다. 볼이나 이마, 턱이나 귀 등 그녀의 모든 곳에 키스의 폭풍우를 퍼부었다.

"……흐, 흐으…… 읏. 기…… 기…… 다려요!"

아슈레이는 답답함에 윌프레드를 멈추려고 했지만 다시 한 번 입술이 막혔다. 그의 기다란 혀가 그녀의 입안을 탐내며 몇 번이나 혀를 얽어 왔다.

"기다릴 수 없어……."

"흐……읏, 흐으…… 읍!"

그리고 집요하고 격렬하게 그녀의 입천장이나 볼의 뒷면, 잇몸이나 입술, 혀의 위를 전부 핥고는 그는 겨우 입술을 떼었다.

"……하아…… 앗, 하아……."

윌프레드의 어깨에 볼을 댄 채 아슈레이는 녹초가 되었다. 단정치 못한 그녀의 몸을, 그는 누구에게도 넘겨주지 않겠다는 듯이 꽈악 껴안았다.

"도망갈 수 없게 하기 위해서 서둘러 결혼의 서약을 교환했던 건데. ……그럴 필요가 없었던 건가."

그가 감개무량한 듯이 중얼거리자 아슈레이는 더욱 놀랐다.

마셜로트 제국의 궁전에 도착해 왕을 알현하자마자 결혼을 한 것에도 이유가 있던 것 같다.

"저는 제가 모든 이들에게 소개할 수 없는 상대이기 때문에 몰래 식을 올렸다고 생각하고 있었어요……."

아슈레이가 멍하니 그렇게 중얼거리자 윌프레드는 더더욱 질린 듯한 어조로 말했다.

"대체 어디까지 당치 않은 생각을 한 거지."

오해를 한 것은 아슈레이가 잘못한 것인지도 모른다. 하지만 오해를 당해도 할 말 없는 행동을 계속한 것은 윌프레드인 것이다. 일방적으로 책망하지 말았으면 했다.

"윌프레드가 아무 말도 해주지 않았기 때문이잖아요."

아슈레이는 토라진 듯한 어투로 얼굴을 돌렸다.

"……내 탓인가? 알겠다. 그렇게 불만이라면 말해주지. 말하면 되잖아……."

그러자 윌프레드가 드디어 꺾인 것인지 깊이 한숨을 내쉬었다.

억지로 말한다고 해도 기쁘지 않다. 그렇게 말하려고 한 순간.

"됐나, 잘 들어라. ……네, 네가 좋다! 너만을 사랑하고 있다! 나는 다른 여자 따위는 필요 없다! 몇 번이라도 너를 안고 싶다! 그 사랑스러운 얼굴도, 몸도 마음도 전부 내 것으로 만들고 싶다!"

본 적이 없을 정도로 얼굴이 새빨개진 윌프레드에게 위세 좋게 고백을 받자 아슈레이는 얼굴에서 불이 뿜어져 나올 것 같았다.

"이, 이제……. 이제 됐으니까……."

분명 윌프레드에게 좋아한다는 말을 듣고 싶었다. 하지만 그렇게 많은 말을 큰 목소리로 듣는다는 것은 생각지도 못했던 일이다.

"말하라고 한 것은 너다. 다시 오해를 받는다면 곤란하다. 제대로 들어."

아슈레이는 윌프레드를 멈추려고 했지만 한 번 불이 붙은 그의 폭주는 멈추지 않았다.

"눈이 사랑스럽고, 볼의 부드러움이 참을 수 없다. 입술을 보고 있자면 빨아들이고 싶어진다. 코는 나의 취향이다. 턱선도 좋아한다. 머리카락은 계속 어루만지고 싶어진다. ……가슴은 부드러움도 크기도 내 손에 딱 맞아서 좋다. 배는…… 유아형태이지만 나쁘지 않아. 엉덩이도 만지면 기분이 좋고 순산형이라 좋다. ……허벅지의 육감은 보고 있으면 먹고 싶어진다. ……손도 좋아한다……. 네가 나를 어루만지면 마음이 치유된다. 성격은 솔직하지 않은 것이 귀엽다. 토라지면 네가 너무 사랑스러워서 내 심장 박동이 격렬해진다. 말하는 목소리도 노래하는 목소리도 매우 좋아한다. 네 목소리만을 듣고 싶다……."

고백은 더 이어질 듯했다. 하지만 아슈레이는 진지한 눈빛으로 사랑을 전하는 윌프레드를 앞에 두고 부끄러워서 졸도할 것만 같았다.

"무, 무, 무, ……무리…… 예요. 그만둬요……. 시, 심장이 망가지니까……."

새빨개진 귀를 누르며 아슈레이는 도망치려고 했다. 그러나 윌프레드의 품속으로 다시 끌려갔다.

"아픈 건가? 의사를 부르지. 정신 차려."

심장이 부서져 버릴 것 같을 정도로 높게 고동치는 것은 윌프레드 때문이다. 그런 상황에서 그에게 안겨 있는 것은 역효과이다. 그럼에도 윌프레드는 진심으로 걱정하는 모습으로 아슈레이를 바라보고 있다.

"정말이지! 윌이 부끄러운 말만 하니까 그렇잖아요!"

의사를 부르면 정말이지 참을 수 없다. 황급히 말을 하자 윌프레드는 고개를 갸웃했다.

"나 때문이라고? ……아아. 너도 똑같은 병인가. ……중증인가?"

아슈레이가 '심장이 망가진다' 고 했던 말의 의미를 드디어 이해했는지 윌프레드는 즐거운 듯이 쿡쿡 웃음을 띠웠다.

"병이라면 할 수 없군. 내가 낫게 해주지……. 아슈레이.

너를 진심으로 사랑하고 있어."

그는 아슈레이의 손가락 끝을 손에 잡고는 무도회에서 댄스 신청을 하듯이 쪽 입맞춤을 했다.

"……아……."

갑작스런 신사적인 태도에 아슈레이의 가슴 안쪽이 꽉 눌렸을 때—

갑자기 다리에 딱딱하고 뜨거운 것이 닿아왔다.

"위, 뭘……. 제…… 다, 다리에 뭔가……."

두려움에 떨며 아슈레이가 물었다. 그러자 그는 아무렇지도 않은 듯이 답했다.

"네가 너무 사랑스러워서 서버렸다. ……한 번 더 안아 주지."

윌프레드는 한쪽 손으로 아슈레이의 엉덩이를 잡고 그녀의 은밀한 곳의 사이에 그의 것을 문질러 왔다.

"……이, 이제…… 무리……."

의식을 잃기 전에 몇 번이나 짐승처럼 허리가 흔들리고 그녀의 안이 비틀려 열린 것이다.

이 이상은 몸이 버티지 못한다.

아슈레이는 욕조 안에서 일어서서 윌프레드에게서 도망치려고 했다. 하지만 긴 시간 탕에 몸을 담그고 있었던 탓에 현기증이 났는지 불쑥 쓰러질 뻔했다.

대리석 벽에 몸을 기대고 있으려니 차가운 감촉이 기분 좋았다.

"······하아······ 하아······."

아슈레이가 호흡을 정돈하고 있자 윌프레드가 뒤에서 그 틈을 노려 그녀를 막았다. 그리고 그녀의 귓가에서 속삭였다.

"저기, 아슈레이. ······전부 보인다고."

황급히 손으로 가슴을 가렸지만 무엇도 몸에 걸치지 않은 상황에서는 그의 시선에서 모든 것을 감출 수는 없다.

"윌은 바보! 저쪽을 봐요!"

몸을 작게 움츠리고 도망치려 했지만 뒤에서 한쪽 발이 잡혀 욕조에 발끝을 올리고 말았다.

그리고 다른 한쪽 손으로 가슴 봉우리를 잡혀 아슈레이는 숨을 삼켰다.

"······놔줘요······."

몸을 비틀었지만 윌프레드의 손은 떨어지지 않았다. 그러기는커녕 손가락이 음란하게 움직이며 젖가슴을 애무하기 시작했다.

"흐······ 으······ 웃."

가슴 봉우리를 떠올리듯이 주무르면서 윌프레드는 그녀의 목덜미의 물방울을 핥아 올리며 그곳을 달짝지근하게 깨물었다.

"어째서? 나에게는 덮쳐달라고 하는 걸로밖에는 보이지 않는데."

윌프레드의 딱딱한 선단이 아슈레이의 은밀한 곳의 사이

를 문지르자 부르르 몸에 전율이 인다.

"……윌의 눈이…… 짓, 짓궂게 되었어……."

아슈레이의 몸은 결코 그의 욕망에게 꿰뚫리고 싶다고 말하고 있지 않다.

—그럴 리가 없다.

흔들흔들 고개를 옆으로 저으며 부정하자, 윌프레드가 매우 농염한 목소리로 질문했다.

"그렇다면 손으로 확인해 볼까."

그가 자신의 다리로 손을 뻗자 아슈레이는 황급히 그것을 막으려고 했다.

"아, 안 돼……."

이 이상 안긴다면 정말로 이상해져 버린다. 하지만 윌프레드의 손은 그녀의 주의를 끌기 위한 수단으로, 그의 의도는 따로 있었다.

무방비했던 그녀의 은밀한 곳에 윌프레드는 흥분한 자신의 끝부분을 대었다. 그리고 아슈레이의 흠뻑 젖어 있는 점막을 가르고 그녀의 내부에 그의 것을 힘차게 밀어 넣었다.

"……아, 아아…… 앗. 넣으면…… 안……."

황급히 허리를 빼려고 했지만 딱딱한 그의 것이 뜨거운 그녀의 안을 푹 채워갔다.

"……흐…… 웃. 하아…… 앙."

뜨겁게 고동치는 그의 것에 의해 뒤에서 관통당한 모습이 되어 더욱 안쪽 깊은 곳까지 꿰뚫려 간다.

"미안하군. 벌써…… 들어갔어."

자조적인 기색으로 웃는 숨결조차 분해서 아슈레이는 엉겁결에 목소리를 높였다.

"몰라요…… 옷. ……아, 하아…… 앗!"

스스륵 나오는 월프레드의 것에 젖은 내벽이 문질러져 그 자리에서 무너져 내릴 뻔했다.

하지만 바로 단단한 말뚝에 밀려 올라가 더욱 깊게 맞물리게 되었다.

"……하…… 앙, 흐으읏."

철썩철썩 음란한 물소리를 내며 그의 것이 격렬하게 왕복했다.

월프레드에게 몇 번이나 범해진 쾌감의 불씨가 사라지지 않은 채 수축하는 벽을 몇 번이나 꿰뚫리고 있자, 그는 뒤에서 느끼기 쉬워진 그녀의 피부를 애무했다.

"하…… 아…… 앗. 안 돼……. 지금, 움직이면……."

애절한 목소리로 애원했지만 월프레드는 주저하는 기색도 없이 뒤에서 아슈레이를 계속 뒤흔들었다.

몸이 찔려 올라갈 때마다 부드러운 가슴의 봉우리가 음란하게 위아래로 움직이고, 딱딱하게 뾰족해진 돌기의 끝부분이 외설스럽게 흔들린다.

"……싫…… 어. 싫어…… 어. 격렬하게 하지…… 말아요……. 안 돼…… 요."

정액과 꿀투성이가 된 그녀의 내부의 감촉을 확인하려는

듯이 윌프레드는 허리를 마구 움직였다. 둔한 동통이 느껴지며 아슈레이는 움찔움찔 몸부림쳤다.

"하…… 아하핫, 하아…… 앗. 흐으…… 응, 흐으으응……."

거친 숨을 내쉬면서 몸부림치는 아슈레이의 가슴을 음란하게 주물거리며 그는 혀로 그녀의 귓가를 핥았다.

"네 안은…… 음란하게 달라붙고 있다고. ……이런데도 아직 아픈 건가."

이대로는 다시 가차 없이 몸을 뒤흔들리게 된다. 그렇게 생각한 아슈레이는 눈동자를 적시며 끄덕끄덕 고개를 끄덕였다.

"그렇다면 다정하게 안아주지."

그렇게 말한 윌프레드는 아슈레이를 벽으로 밀어 붙이고, 찔러 올리는 동작을 멈춘 채 다정하게 허리를 움직이기 시작했다.

"……하…… 으……. 아, 아아…… 읏."

단단한 그의 끝부분이 굴리듯 그녀의 가장 깊은 곳을 문지르며 두터운 줄기로 입구를 넓혀가는 감촉에 격렬한 유열이 밀려 올라온다.

뒤에서 꽉 껴안는 윌프레드의 품속에서 아슈레이가 목을 뒤로 젖히자 그는 귓불 안쪽에 혀를 집어넣고 뾰족해진 혀로 좁은 구멍을 몰아세웠다.

"앗, 앗, 거기…… 핥지…… 마요……. 으…… 아, 안 돼…… 에…….”

움찔움찔 몸에 경련을 일으키며 아슈레이가 호소하자 귀에서 입술을 뗀 윌프레드가 혀를 찼다.

“아아, 실패했다.”

진심으로 후회하는 목소리였다. 뭔가 문제를 일으킨 건가 하고 동요한 아슈레이는 몸을 굳혔다.

―하지만.

“뒤에서는 네 얼굴이 보이지 않아. 거기다 원한다는 듯이 떨고 있는 돌기를 빨 수가 없군.”

계속된 말에 아슈레이는 너무나도 부끄러워 도망치고 싶어졌다.

“……그, 그런 건…… 빨지 않아도…… 돼요……! 어, 얼굴도 보지 말아요……!”

얼굴이 새빨개지며 대답을 하자 윌프레드는 어이가 없다는 듯한 표정으로 말했다.

“……녹아버릴 것 같은 얼굴을 하고 있으면서. ……좋아하잖아. 내가 빨아주는 거.”

“좋아하지 않…….”

아슈레이는 그가 한 음란한 말에 열심히 고개를 흔들며 부정했다.

“거짓말을 하는군. 거기다…… 내게 안기는 것도 좋아하면서.”

그가 몰아세우듯이 그녀의 유두를 문질러 올리자 아슈레

이는 커다랗게 몸을 뒤로 젖혔다.

"싫어…… 하…… 아앙. ……아…… 아니……."

몸을 뒤트는 그녀의 귓가에 윌프레드는 쉰 목소리로 속삭였다.

"허리를 흔들고 있다고."

"……읏?!"

아슈레이는 탐욕스럽게 허리를 흔들 생각은 없었다. 그저 그의 팔에서 도망치려고 했을 뿐이었다. 부끄러운 말에 당황한 그녀가 방심한 순간, 그는 그녀의 다리를 고쳐 안고는 격렬하게 움직였다.

"……아, 아아앗, 웃, 하으……웃."

빨갛게 불타오르는 그의 것에서 전해져 오는 율동에 아슈레이는 참을 수 없어져 뜨거운 숨과 헐떡임을 흘렸다.

"뒤에서 하면 가슴이 위아래로 움직여서 재미있군."

아슈레이의 가슴 봉우리가 물결치는 모습을 보고 있던 윌프레드가 목구멍 안쪽에서 쿡쿡 웃음을 참았다.

"……정말…… 놀리지 말…… 아요……."

울음이 터져 나올 것 같은 것을 참으며 말했다. 하지만 그는 아무렇지도 않은 목소리로 답했다.

"진심으로 말하는 건가."

그래서는 쓸데없이 짓궂다. 분하지만 이런 상태로는 반격을 할 수 없었다. 그의 품안에서 희롱당할 뿐이다.

"너는 어디든지 전부 사랑스러워."

달콤한 속삭임과 함께 윌프레드는 그녀의 몸에 손을 이리저리 대더니 사랑스럽다는 듯이 피부에 달라붙었다.

"흐……웃. 흐으……."

아슈레이의 허리는 이제 부서질 듯했으며 무릎까지 부들부들 떨렸다.

"앗, 아아…… 앗. 아흐웃. ……이, 이제…… 안 돼……."

연동하는 벽이 집요하게 휘저어지며 줄곧 몸 전체에 애무를 받던 아슈레이는 도움을 청하듯이 말했다.

이 이상은 만지지 말아주었으면 한다고. 이대로는 윌프레드의 손이나 혀에 온몸이 녹아버릴 것 같다고. 그러나 윌프레드는 그런 그녀의 말을 일축했다.

"남편으로서의 권리다. 얌전히 있어. ……만지는 것뿐만 아니라 네 몸 전체에 내 혀를 닿게 해주지."

마치 암컷에게 자신의 향기를 남기는 수컷의 행동 그 자체였다.

"싫…… 싫어어……."

그렇게 아슈레이는 윌프레드에게 안겨서 침대로 옮겨졌다. 그리고 격렬한 쾌감이나 수치심에 울고 몸부림치고 애원해도 가차 없이 꿰뚫려, 그의 선언대로 입으로는 말할 수 없는 몸 구석구석까지 손가락이나 혀가 닿게 되었다.

*　　　　*　　　　*

다음 날 늦은 오후.

마셜로트 제국의 궁전에 손님이 찾아왔다. 왕이 월프레드와 아슈레이에게도 알현실로 오도록 명령을 했기에 그것에 따르게 되었다.

—하지만.

아슈레이는 처음으로 남자에게 안긴 몸인데다 집요하게 몰아세워진 탓인지 평소처럼 걸을 수 없었다. 아무리 해도 어색한 걸음걸이가 되어 버린다.

"……월프레드 먼저 가요."

부끄러움에 고개를 숙이며 아슈레이가 그렇게 말하자 월프레드는 당연하다는 듯이 두 팔로 그녀를 안아 올렸다.

"이렇게 가면 된다. 누구도 걸음걸이 따위는 신경 쓰지 않겠지."

분명 걸음걸이는 알 수 없을 것이다. 하지만 더욱 눈에 띄게 되는 것 같은 것은 기분 탓인 걸까.

"내려줘…… 요."

필사적으로 버둥거리며 도망치려고 했지만 월프레드는 매우 기분이 좋은지 아슈레이를 안고 걸어 나갔다.

"내려주지 않을 거야. 포기해."

중앙 정원을 가로질러 지름길을 지나 알현실 근처의 복도까지 도착했을 때였다.

제레미가 이쪽을 눈치채고 달려왔다.

아무래도 백작의 지위에 있는 그뿐만이 아니라 많은 귀

족이나 대신들도 알현실로 불려온 듯 문 앞에는 많은 사람들이 모여 있었다.

"뭐야. 화해를 한 모양이네. ……월이 이대로 공주님에게 아기가 생길 때까지 방에 가둬두려는 건가, 하고 생각했는데."

아슈레이는 상쾌한 미소를 띠우며 뒤숭숭한 말을 하는 제레미를 멍하니 보았다.

"미안해요. 실은 딕 왕자에게서 온 신청을 들었을 때 월이 격앙해서 당신을 감금이라도 시키는 게 아닌가 하고 예측했었어요. 하지만 놔두기로 했어요. ……그도 그럴게, 저는 월의 친구이니 첫사랑이 이루어지도록 도와주고 싶잖아요?"

그 말을 들은 아슈레이는 제레미는 매우 다정해 보이지만 겉으로 보이는 대로의 남자는 아닐 것이라고 생각하기 시작했다.

"저기……."

당황하면서도 아슈레이가 대답을 하려는 순간, 윌프레드가 이야기에 끼어들었다.

"다른 사람의 부인에게 함부로 말 걸지 마. 이 녀석에게 뭔가 용무가 있을 때에는 나에게 허가를 받으라고."

"우와앗. 그렇게까지 말하는 거야?! 질투심 많은 남자는 전혀 귀엽지 않은데 말이지?!"

두 사람이 가볍게 대화를 하고 있는 것을 아슈레이는 그

저 어이없이 쳐다보고 있었다. 그러고 나서 윌프레드가 알
현실로 다가가자 닫혀 있던 문이 열렸다.

"아슈레이 공주, 생각보다 빨리 얼굴을 볼 수 있게 되었
구나."

윌프레드와 아슈레이를 알아채고 왕이 그렇게 말을 걸었
다.

"아들이 외곬수인 것은 알고 있었지만, 역시 방해는 하
면 안 된다고 생각해서 말이지."

왕이 생긋 짓궂은 미소를 띠웠다. 아무래도 제레미처럼
왕 역시 윌프레드가 아슈레이를 가둬 둘 것이라는 것을 예
측한 듯했다.

"……그, 그런……."

아슈레이가 얼굴이 빨개졌다 파래졌다 하고 있던 때. 갑
자기 많은 시선을 느끼고 뒤를 돌아보았다. 정신을 차려 보
니 귀족이나 대신들은 모두 윌프레드에게 안겨 있던 아슈
레이를 바라보고 있었다.

그제야 아슈레이는 자신들이 정식으로는 결혼식을 하지
않은 몸으로, 다른 사람들 앞에 나서는 것 역시 처음이라는
것을 떠올렸다.

"내, 내려줘요."

사람들의 시선이 신경 쓰여 아슈레이가 그에게 말했다.

"싫다."

응석받이 어린아이처럼 휙 얼굴을 돌리며 윌프레드는 그

말을 일축했다.

"부탁이니까요."

절절한 목소리로 말하자 윌프레드가 아슈레이의 얼굴을 가만히 들여다보았다. 부끄러움에 아슈레이의 눈가가 젖어들어가는 것을 눈치채고 할 수 없이 그녀의 말에 따라주었다.

"하지만 내 곁에서 떨어지지 마."

윌프레드는 그렇게 말하고 아슈레이의 손을 잡고 놓지 않았다.

"정말 사이가 좋구나."

왕은 싱글싱글 웃으며 이쪽을 바라보았다. 부끄러워서 아슈레이가 손을 놓으려고 했지만 윌프레드는 그것을 허락하지 않았다.

"……사람들 앞이에요. ……조금은 거리를 두어도……."

아슈레이가 얼굴을 돌리자 멀리 서 있던 제레미와 우연히 눈이 마주치게 되어 그가 흔들흔들 손을 흔들었다. 그의 시선은 분명히 이어져 있는 두 사람의 손에 꽂혀 있었다.

"……웃."

역시 손을 잡은 채로 있는 것은 부끄럽다. 그렇게 생각한 아슈레이가 손을 풀려고 하자 윌프레드가 기를 쓰고 손에 힘을 넣었다.

"아…… 앗. 아파요……."

너무나도 강한 힘에 아슈레이는 화를 냈다.

"네가 다른 남자를 보고 있으니까 그렇지."

제레미와 우연히 눈이 마주친 것뿐인데도 마치 바람을 피운 것 같은 말투다. 아슈레이가 반론하려던 때 왕이 가볍게 손을 올렸다.

그러자 실내가 갑자기 조용해졌다.

"슬슬 손님도 기다리다 지쳤겠군. 안으로 들이게."

근위병이 문을 열자 심홍의 드레스를 몸에 두른 한 명의 미녀가 모습을 드러냈다.

—언니인 마리벨이었다.

생각지도 못한 인물의 방문에 아슈레이는 핏기가 가셨다.

"오오. 첼시레인에서 먼 길을 잘 왔구려. 마리벨 공주."

아름다운 마리벨을 앞에 두고 마셜로트 제국의 왕은 기분 좋게 그녀를 맞이했다.

"마셜로트 제국의 국왕을 알현하게 되어 영광입니다. 첼시레인 영세중립국의 왕녀, 마리벨 로우드라고 합니다."

드레스 자락을 들고 우아하게 마리벨이 인사를 하는 것을 윌프레드는 조용히 바라보고 있다. 역시 그녀를 앞에 두자 아슈레이를 신부로 삼은 것을 후회하는 것은 아닐까. 그런 생각에 사로잡히게 된다.

"그래서 이번에는 무슨 용무로 방문한 것인가?"

웃는 얼굴로 왕이 질문했다. 그러자 마리벨의 미소가 얼어붙었다.

"윈스터레이크 왕국의 왕자인 딕님께서 이야기를 하셨다고 생각합니다만……."

"아아, 신부를 교환하고 싶다는 신청이었었지. 어째서 그런 이야기가 나온 거지?"

그것은 아슈레이도 이상하게 여긴 부분이었다.

마리벨과 딕 왕자는 언뜻 보기에도 서로 반해 이끌려 만난 사이가 좋아 보이는 모습이었다. 신부를 교환하고 싶다고 딕 왕자가 생각할 리 없는데.

"제가 무심코 아슈레이의 첫사랑 상대가 딕님이라는 것을 그분께 말씀드린 탓입니다. 줄곧 자신을 연모해 준 상대를 먼 나라로 시집보내는 것은 참을 수 없다고, 다정한 딕님께서는 그렇게 말씀하셨습니다."

아슈레이는 그 말을 듣고 멍하니 있을 수밖에 없었다. 분명 딕 왕자는 아슈레이의 첫사랑 상대일지도 모른다. 하지만 동경하는 정도였던 것이다.

진정한 첫사랑은 곁에 있는 윌프레드를 좋아하게 된 것이다. 어린 시절의 동경만을 이유로 헤어지는 것은 싫었다.

"마리벨 공주는 그래도 상관없는 건가."

국왕은 조용히 마리벨에게 물었다. 처음에 신부 교환 신청을 받았을 때 아슈레이에게도 저렇게 의향을 물었던 것이 떠올랐다.

"소중한 여동생이 행복해지는 것이라면 저는 그것만으로도 족하니까요."

마리벨이 다정한 미소를 지으며 이쪽을 향해 그렇게 말했다.

―자신은 얼마나 못된 것인가.

언니인 마리벨은 자신을 걱정해 주고 있는데 아슈레이는 아름다운 그녀의 미소에 윌프레드의 마음이 바뀌지 않을까 걱정을 하고 있었다.

하지만 윌프레드가 아슈레이의 손을 꼭 잡아주어서 그녀는 그 온기에 차분해질 수 있었다.

그의 손은 신기하다. 손을 잡고 있는 것만으로도 아무것도 걱정할 필요 없는 것 같은 느낌이 든다.

엉겁결에 윌프레드를 바라보자 사랑스러운 듯한 시선으로 그녀를 바라보고 있었다.

"후후……."

그때 갑자기 왕이 즐거운 듯이 목구멍 안쪽에서 웃음을 죽여 아슈레이는 고개를 갸웃했다. 왕은 대체 무엇이 재미있는 것일까.

"그런데 첼시레인에는 누구보다도 마음씨가 착하고 아름다운 공주가 있다는 소문이 있는데, 아슈레이 공주는 그 사람은 자신이 아니라고 말했었다. ……마리벨 공주, 그대는 어떻게 생각하는가."

마리벨은 고개를 기울이고 고혹적인 웃음을 띠웠다.

"……글쎄요. 모든 분들이 저를 어떻게 생각하고 있는지 저 스스로는 알 수 없습니다."

겸손하게 대답하면서도 마리벨은 당당하게 왕을 마주 보았다.

"그런가. 그것도 그렇군. 그렇다면 노랫소리가 아름다운 것은 어느 쪽이지?"

하지만 알고 있을 텐데도 마리벨은 왕의 그 질문에 답을 하려고 하지 않았다.

"그것은 마리벨입니다."

이것도 겸손인 것일까? 그렇게 생각하면서 말참견을 하는 것이 실례라는 것을 알면서도 아슈레이는 진언했다.

"……."

하지만 마리벨은 애매하게 웃기만 할 뿐이었다.

"어떤가, 마리벨 공주. 그대의 답은?"

왕은 어째서인지 집요하게 마리벨을 추궁했다.

"……아뇨, 자신의 노랫소리를 스스로 판별하는 것은 어렵지 않은가 하고……."

분명 그 말대로였다. 그래서 아슈레이는 아무리 연습을 해도 자신의 실력이 늘어나는 듯한 기분이 들지 않아 몇 번이나 울음을 터뜨릴 뻔했었다.

"스스로 판별하지 못한다…… 인가. 첼시레인의 왕녀는 백성을 생각하는 마음의 강할수록 신의 사자라고 여겨질 정도로 아름다운 노랫소리를 가지고 있다고 전해진다. 마음이 아름다운 왕녀라면 분명 노랫소리도 훌륭하겠지. 마리벨 공주, 기왕 먼 우리나라에 찾아 왔으니 여기서 노래를 해주지 않겠나."

마리벨이 언제나 아슈레이에게 놀렸던 요설이 완전히 조용해져 있었다. 지금은 새파래져 있어 마치 다른 사람처럼 미덥지 않게 보인다.

"무슨 일이야? 마리벨, 몸이라도 안 좋은 거야?"

아슈레이가 걱정이 되어 묻자 마리벨은 굳은 미소를 띠며 고개를 끄덕였다.

"유감입니다만. 저는 이곳에 오는 도중에 불행하게도 손을 삐끗하고 말아서 반주를 할 수 없습니다."

마리벨은 그렇게 말하고 자신의 손목을 눌러 보였다.

"상처를 입은 건가, 그건 불편하겠군. 그렇다면 아슈레이 공주, 마리벨 공주 대신에 첼시레인의 노래를 연주해 주지 않겠나."

"네. 물론입니다."

피아노가 준비되어 아슈레이가 그 앞에 앉았다. 타국으로 가게 됐을 때 왕녀가 공식 석상에서 부르는 곡은 정해져 있다. 아슈레이가 대성당에서 선보인 곡이다.

조국을 향한 감사, 그리고 백성을 향한 사랑을 노래하는 곡으로, 여성이 아니라면 노래할 수 없을 정도로 선율도 높다. 선정적이면서도 어딘가 요염해 듣는 이의 마음을 뒤흔든다.

정말로 타국으로 향하는 왕녀를 위해 만들어진 노래인 것이다.

"마리벨, 시작해도 될까?"

아슈레이가 조심스럽게 묻자 마리벨은 휙 하고 활로 쏘아 죽일 듯이 강렬하게 그녀를 노려보았다.

"……읏."

타이밍을 계산한 아슈레이는 연주를 시작했지만 마리벨은 좀처럼 노래를 시작하려 하지 않았다.

걱정을 하면서 언니를 바라보고 있자 그녀는 마침내 노래를 흥얼거리기 시작했다.

"……뭐지, 이 목소리는……."

한순간 실내가 웅성거렸다.

마리벨의 목소리는 발칙하게도 듣는 것만으로도 불안한 기분이 밀려오는 노랫소리였다.

질척질척하고 음울한 생각이 가슴을 지배해 간다. 마치 나쁜 마녀의 저주라도 걸린 듯한 노랫소리였다.

"이제 됐다. 마리벨 공주. 이건 어찌된 일이지?"

살포시 웃으며 왕이 물었다.

"……그것은…… 긴 여행으로 목이 망가져 버려서……."

분명 마리벨은 며칠이나 걸린 여행을 막 끝낸 참이다. 분명 몸이 좋지 않은 것이 목소리로 나온 것이 틀림없다.

"괜찮아?"

아슈레이는 걱정이 되어 앞에 서 있던 마리벨에게 다가가려고 했지만 그녀는 가까이 다가오지 말라는 듯이 아슈레이를 노려보았다.

"변명 따위는 필요 없다. 첼시레인의 왕녀는 대대로 노 랫소리로 사람의 마음을 치유한다고 전해져 오지만, ……실 제로는 천성적으로 노래를 잘하는 사람은 극히 드물다."

처음 듣는 이야기였다. 아슈레이는 왕의 말에 놀라고 말 았다.

아버지도 어머니도, 그런 것은 가르쳐 주지 않았다.

"그저 첼시레인의 왕녀는 무의식적으로 자신의 마음을 노래로 전하는 능력을 가지고 있다. 백성을 생각하는 마음 씨 상냥한 왕녀의 목소리는 사람의 마음을 치유하고, 그리 고 행복을 전해주지. 하지만 자신의 이익만을 취하려고 하 는 추악한 왕녀는 사람을 불쾌하게 하고 혐오감을 안겨주 는 목소리를 낸다."

왕은 무언가를 떠올리듯이 깊게 한숨을 내쉬었다. 그의 대에는 첼시레인에서 왕녀를 맞아들이지 않았을 터지만, 조부의 부인 중 한 명이 첼시레인의 왕녀였다.

어쩌면 왕은 직접 그 노래를 들은 적이 있는 지도 모른 다.

"즉, 첼시레인의 왕녀는 노래로 내면이 들여다보이는 것 이다. 윈스터레이크 왕국의 애송이도 저 여자의 내면의 추 악함을 깨닫고 싫어진 것이 분명하다. 그렇기에 신부를 교 환하고 싶다고 말을 꺼낸 것이다."

마리벨은 새파랗게 질린 채로 반론을 하려고도 하지 않 았다. 아무래도 왕이 말한 말이 진실이었던 듯하다.

이어지는 침묵 속에서 조용히 있던 윌프레드가 마침내 입을 열었다.

"……마리벨. 당신은 아슈레이가 모두의 앞에서 노래를 선보인 후 진실을 안 덕에게 자신이 버려질 것이 두려워, 그녀의 목숨을 노리고는 방으로 쳐들어와 드레스를 찢고 목을 망가뜨리려고 했었지. 그런 추악한 마음씨를 가진 여자를 누가 신부로 삼을 것 같은가. 두 번 다시 내 앞에 모습을 보이지 마."

마치 전부 알아챈 것 같은 말투였다.

확실히 자신에게 독을 건네준 것은 분명하지만, 누군가가 준비한 것을 마리벨이 건네준 것뿐인지도 모른다. 드레스가 찢어지기는 했지만 그것이 그녀가 한 것이라는 증거는 없다.

"윌! 기다려요. ……한쪽 부모님만 같다고는 하지만 마리벨은 제 친언니에요. 그런 일을 할 리가 없어요."

아슈레이는 마리벨의 앞에 서서 감싸려는 듯이 손을 펼쳤다.

"비켜!"

하지만 바로 뒤에서 낮게 얼어붙은 것 같은 목소리가 울려 아슈레이는 핏기가 가셨다.

"……마리벨?"

"이 녀석도 저 녀석도 아슈레이, 아슈레이! 위선자 같은 그 여자의 어디가 좋다는 거야! 그런 여자, 진작 죽여 버렸으면 좋았을걸. 아버님도 오라버님도 고용인들도 아슈레이만 예뻐하고! 내가 더 아름다운데, 내가 더 공부도 잘 하는데! 내가 더 재치도 뛰어난데! 내가 더 우아하게 춤을 추는데! 떨어지는 거라고는 노랫소리밖에 없다고. 그저 노래를 잘한다는, 그것밖에 장점이 없는데 어째서 그런 덜렁거리는 여자를 좋아하는 건데!"

마리벨은 더욱 분노한 표정으로 온갖 욕설을 퍼부었다.

평소에 우아하고 세련된 그녀라고는 생각할 수 없는 모습이다.

"저 여자를 첼시레인 영세중립국으로 돌려보내고, 두 번 다시 마셜로트 제국의 땅을 밟게 하지 말거라."

멍하니 있는 아슈레이를 뒤로 하고 왕은 차갑게 내뱉었다.

"······읏!"

병사들에게 끌려가는 마리벨의 뒷모습을 아슈레이는 그저 바라볼 수밖에 없었다. 그런 그녀의 곁에 가까이 다가온 윌프레드는 그녀를 꼭 안아주었다.

"괜찮다."

그러자 갑자기 오열이 흘러나오기 시작했다.

어째서 이렇게 된 것일까.

"······아버님, ······아슈레이의 노랫소리를 듣고 확인해 보지 않으셔도 괜찮으신지요."

떨리는 아슈레이의 등을 어루만지며 윌프레드가 왕에게

물었다.

　분명 왕은 한 번도 아슈레이의 노랫소리를 듣지 못했다. 모두가 원하는 왕녀가 아니라고 놀랄 가능성도 있는 것이다.

　"이 아비를 너와 달리 사람도 볼 줄 모르는 우둔한 남자…… 라고 말하고 싶은 거냐? 그런 맑은 눈동자를 한 여자가 추악한 성성을 가지고 있다면, 지금 당장 왕의 자리 따위는 너에게 물려주고 은거하겠다."

　그렇게 말하고 왕은 즐거운 듯이 웃어 보였다.

　"아슈레이 공주도 오늘은 노래를 할 기분 따위 들지 않을 테지. 차분해진 다음에 들려주게나."

　"……네……. 신경 써주셔서 감사합니다. ……저기…… 언니에 대해서, 부디 용서해 주시길 바라겠습니다."

　동요하면서도 첼시레인에 돌려보내지게 된 언니에 대해 부탁하자 왕은 무사하게 돌려보내겠다고 약속을 해주었다.

제6장
물이 드는 꽃잎

"저기 아슈레이. ……이제 그만 울어. 그런 여자에게 미움을 받고 있다는 것을 알았다고 언제까지 한탄하고 있어도 소용없잖아."

자신의 방으로 돌아온 후, 윌프레드는 아슈레이를 자신의 무릎에 올린 채로 소파에 앉아 줄곧 등을 어루만져 주었다.

어린아이처럼 울고 있던 아슈레이는 그저 그에게 몸을 맡기고 있었다.

"그렇지만……."

"사이좋게 되고 싶다면 다가갈 방법을 찾아. 어두운 얼굴을 하고 있어도 아무런 진전도 없으니까."

"월……."

시간이 걸리기는 했지만 드디어 그녀는 안정을 되찾을 수 있었다. 하지만 그대로 얼굴을 뗀 후 윌프레드를 앞에 두고 어떻게 대해야 할지 알 수 없어져 몸을 움직일 수 없었다.

아무리 그래도 얼굴을 드는 것이 부끄럽다는 이유로 언제까지나 그의 무릎에 있을 수는 없는 노릇이다.

"……저, 저기……. 고마워요."

실례라고 생각하면서도 아슈레이는 고개를 숙인 채로 윌프레드에게 감사를 전했다. 그리고 몸을 돌려 풍만한 금발을 휘날리며 그 자리를 떠나려고 했다.

하지만 그것은 이루어지지 않은 채, 그녀는 가냘픈 허리를 잡혀 다시 한 번 그의 품에 갇혀 버렸다.

"앗……."

무심코 목소리를 냈을 때는 이미 그가 꽉 껴안고 있었다. 전해져 오는 심장의 소리나 체온, 희미하게 피어오르는 머리를 정돈하는 향료의 향기, 그리고 피부의 향기가 기분이 좋다.

어느샌가 자신은 그의 모든 것에 마음을 허락하게 된 것일까.

"어딜 가는 거지."

불만스러운 목소리로 그가 물어보자 아슈레이는 당황했다. 역시 제대로 감사를 전하지 않으면 안 되는 것일까.

"위로해 주어서 고마워요. 윌. 얼굴을 씻으러 가려고 생각했어요. 눈꺼풀이 부었으니……."

이것은 변명이었다. 아슈레이는 윌프레드의 앞에서 어떤 얼굴을 해야 좋을지 알 수 없었던 것이다. 그렇기에 도망치려고 한 것뿐이었지만, 당사자에게 그런 말을 할 수는 없다.

"눈꺼풀을 식히는 거라면 내가 핥아주지."

윌프레드는 지극히 당연하다는 듯이 그렇게 대답하고는 정말로 아슈레이의 눈꺼풀에 입술을 대었다.

"피, 피, 필요 없으…… 니까……."

간지러움과 기분 좋은 느낌에 두근거린다. 이걸로는 얼굴의 열기는 영원히 가라앉지 않는다. 더 뜨거워질 뿐이다.

"어째서이지?"

사람의 마음도 모르고 윌프레드는 의아한 듯이 물었다.

"……그, 그러니까, ……쓸데없이……."

눈을 굴리는 아슈레이를, 윌프레드는 가만히 바라보고는 제멋대로 납득했다.

"뭐지? 쓸데없이 뜨거워지는 건가."

그러니까 어째서. 윌프레드는 눈치채지 말아주었으면 하는 것만 눈치채는 것일까. 어쩐지 전부 알면서도 일부러 모르는 척하는 기분이 든다.

"……웃!"

그녀에게 입맞춤을 하려는 윌프레드의 볼을 잡고 꾹 잡

아당겼지만, 정한하게 정돈되어 있는 탓인지 이상한 얼굴이 되지는 않았다.

그런 걸로 쓸데없이 울컥한 아슈레이가 이번에는 그의 입술 주변을 잡으려고 하자 그 손이 붙잡혔다.

"기분이 풀렸다면 이번에는 네가 나를 위로해 줘."

"……월을요?"

월프레드는 냉정침착하고, 평소처럼 무뚝뚝한 얼굴이었다. 기분이 나쁜 것으로는 보이지 않는다. 아슈레이가 고개를 갸웃하고 있자 그가 말을 이었다.

"이제 막 결혼을 한 상대는 도망을 치려고 하질 않나, 듣고 싶지 않은 상대의 첫사랑 이야기를 듣질 않나, 기분이 나빠지는 노래까지 듣게 되었는데, 결국 당사자인 신부는 나 이외의 녀석들밖에 신경 쓰지 않아. 충분히 위로를 받을 권리가 있다고 보는데."

듣고 보니 월프레드에게는 폐를 끼쳤다. 미안함이 끓어올라 아슈레이는 바로 사과했다.

"미안해요."

그러자 이쪽을 가만히 바라보고 있던 월프레드와 시선이 얽혔다. 무언가 말하고 싶은 듯한 표정을 마주한 아슈레이는 그의 머리를 슥 어루만졌다.

처음에는 기분 좋은 듯이 있던 월프레드였지만, 아슈레이가 그 이상의 행동을 하지 않는 것을 깨닫고는 토라진 듯한 모습으로 중얼거렸다.

"그것만으로는 부족하다."

마치 응석을 부리는 어린아이 같았지만, 어쩐지 사랑스럽게 보였다. 무심코 웃을 뻔하면서도 아슈레이는 그가 조르는 대로 쪽 하고 소리를 내어 그의 볼에 입맞춤을 했다.

윌프레드는 살짝 당황한 것처럼 보였지만 곧바로 평소의 무표정한 모습으로 돌아왔다.

그리고 바로 다음 단계를 졸랐다.

"입에도 해줘."

아슈레이는 그에게 얼굴을 가까이 대었지만 자신이 입맞춤을 하는 것이 주저되어 닿기 바로 직전에 몸이 굳어 버렸다.

그러자 윌프레드는 기다릴 수 없다는 듯이 그녀에게 입맞춤을 했다.

"……흐응."

입술을 겹칠 뿐인 키스. 각도를 바꾸어 몇 번이나 닿는 입술이 기분 좋아서 아슈레이는 멍하니 눈을 감았다.

그러자 그가 불만스러운 듯이 속삭였다.

"혀는?"

어쩌면 혀를 휘감으라는 의미인 것일까. 당황하면서 아슈레이는 눈꺼풀을 열고 고개를 갸웃했다.

"어…… 저기……. 제, ……제 쪽에서요?"

"당연하잖아."

당연하다는 대답을 듣고 아슈레이는 눈을 꽉 감고는 윌

프레드의 입 안으로 혀를 뻗었다.

"……흐……읏. 후우……."

그의 혀끝에 닿자 눅눅한 감촉이 전해져 와 엉겁결에 입술을 뗄 뻔했다. 하지만 몸이 안겨 있어 월프레드가 혀를 휘감아오자 아슈레이도 서투르지만 그의 입안을 탐색하기 시작했다.

지금은 기세가 올라 있기 때문인지 스르륵거리는 음란한 물소리가 평소보다도 더욱 귀에 잘 들린다.

"하…… 앙. 하아……."

괴로움과 부끄러움으로 인해 아슈레이가 입술을 떼려고 하자 머리 뒤쪽으로 손이 둘러졌다. 이래선 떨어질 수 없다.

"아슈레이, 좀 더……."

입안의 깊은 곳까지 혀가 도달하자 움찔움찔 몸이 떨린다.

"……후아……. 앙…… 하아…… 흐응……."

그가 자신의 민감한 혀 위를 문질러 와 넘치는 타액을 필사적으로 삼키려고 한 때였다.

무언가 딱딱한 촉감이 그녀의 허벅지에 닿아 있는 것을 깨달았다.

―어쩌면.

싫은 예감일수록 적중하는 것이다. 그야말로 이번에도 또한 아슈레이가 두려워하던 대로였다.

"……어, 엉덩이에…… 딱딱한 게…… 닿았어요……."

바지 너머로 닿아 있는 것은 윌프레드의 것이었다. 목욕탕에서도 같은 일이 있었던 것을 떠올리고 울음을 터뜨릴 것처럼 되었다.

"딱 좋군."

문득 들려온 말에 움찔 하고 몸이 굳었다. 설마…… 하고 생각하고 그를 살펴보자 그는 그녀를 향해 매우 심술궂은 미소를 지었다.

"다음에는 이걸 핥아."

그가 말한 것은 그녀가 생각한 대로의 대사였다.

"무리예요……."

그녀는 바로 대답했다. 그런 음란한 행위를 할 수 있을 리가 없다.

남성의 것을 핥아 봉사하는 행동은 아슈레이가 허용할 수 있는 것이 아니었다.

그러자 윌프레드가 울컥한 듯한 모습으로 힐문했다.

"상처 입은 나를 위로할 생각이 없는 건가. 차가운 신부로군. 너는 역시 아직 딕을 연모하고 있는 거로군."

윌프레드는 아슈레이가 윈스터레이크 왕국의 딕 왕자에게 동경하는 마음을 품고 있었던 것을 아직 마음에 두고 있는 듯했다.

"그…… 그런 게 아니에요. 저는……."

윌프레드가 좋다. 그렇게 말하고 싶은데 얼굴을 마주하

면 말이 나오지 않는다.

그의 시선이 너무 강렬한 것이다. 거기다 외관이 훌륭하다. 그렇기에 아슈레이는 부끄러워져서 말이 나오질 않는 것이었다. 윌프레드는 우물거리고 있는 그녀를 재촉했다.

"그 남자가 아니라 내가 사랑스럽다면 부인의 역할 정도는 할 수 있을 텐데."

"……우으……."

그런 말을 한다면 거부할 수가 없다. 할 수 없이 아슈레이는 그의 무릎 아래로 내려가 융단에 무릎을 꿇었다. 그리고 윌프레드의 다리에 손을 뻗어 벨트의 버클을 풀어갔다.

화가 나게도 윌프레드는 의자의 등받이에 팔을 걸치고 의기양양한 표정을 짓고 이쪽을 내려다보고 있었다.

"……읏."

본인은 그럴 생각이 아닌지도 모른다. 하지만 단정한 외모 탓인지 살짝 입꼬리를 올리고 끈적거리는 교태를 띤 시선으로 바라보면 의기양양한 표정으로밖에 보이지 않는다.

아름다운 푸른 잎사귀 색의 눈동자를 바라보고 있자 심장이 활에 쏘인 것처럼 두근거린다.

"빨리 해. 네가 나의 것을 머금고 있는 것을 보고 싶다."

그의 솔직함은 미덕인지도 모르겠지만 지금의 아슈레이에게는 짓궂은 말이나 다름 없었다. 아슈레이는 눈동자를 적시면서도 떨리는 손으로 그의 바지를 벗기고 일어선 그의 것이 드러나게 했다.

하지만 손으로 만지는 것이 주저되어 도움을 청하는 듯이 얼굴을 올리자 그는 더욱 즐거운 듯한 표정으로 그녀를 바라보았다.

"우으…… 웃."

누구에게나 첫사랑 정도는 있을 것이다. 이 궁전을 나가려고 했던 것도 그를 연모했기에 그랬던 것인데, 아슈레이는 정말로 벌을 받을 만한 행동을 한 것일까. 그런 의문이 들었다. 하지만 반론을 하면 더욱 음란한 행동을 강요받을 것 같아 얌전히 따를 수밖에 없었다.

뜨거운 그의 것을 끌어내자 아슈레이는 양손으로 그것을 잡고 눈을 꼭 감았다.

각오를 하는 수밖에 없다.

그렇게 생각하고 혀를 내밀었지만 잘못 향하는 바람에 코에 그것이 부딪쳤다.

"……으웃……! 아야……."

실수를 한 아슈레이를 바라보고 있던 윌프레드는 필사적으로 웃음을 참고 있는 듯, 그의 다리가 잘게 떨리는 것이 전해져 왔다.

이렇게 되면 아슈레이의 입으로 그를 흐트러뜨려 그녀를 다시 보게 해주겠다. 울음을 터뜨릴 것 같았지만 그렇게 자신에게 들려주며 젖은 혀를 내밀었다.

"흐…… 으으응……."

처음에 혀가 닿은 것은 귀두였다. 작은 자극에 무심코 몸이 굳어진다. 하지만 숨 막힐 듯한 향기에 유혹을 받은 듯이 두세 번 정도 핥자 차츰 그 맛에 익숙해져 갔다.

"······후······ 웃."

그의 것을 쥐고 있는 손바닥이 뜨거워서 견딜 수가 없었다. 부풀어 오른 그의 것이 움찔움찔 떨리는 감촉에 몸의 한가운데가 확 뜨거워지는 듯한 기분이 든다.

"······이렇게······ 컸었던 건가요······."

이것이 자신의 안에 들어갔었던 것이라니, 아직 믿기지 않는다.

아슈레이는 작은 입술을 필사적으로 열고 곳곳에 작은 혀를 핥아 갔다.

"하아······. 흐, 흐응······."

"네 몸에 친절한 크기로 자라지 못해서 미안하군. 보는 대로 나는 건강하고 건전함 그 자체다."

그녀의 금발을 어루만지며 월프레드는 그렇게 야유하고는 그녀를 더욱 재촉했다.

"자, 핥지만 말고 물어봐."

입안에 다 들어갈 수 있을까. 그 전에 턱이 빠져 버리는 건 아닐까.

이런저런 불안함이 뇌리에 스쳐지나가 아슈레이는 슬픈 듯한 표정으로 눈살을 찌푸렸다.

하지만 주저하면서도 입술을 커다랗게 벌려 월프레드의 것을 입안에 머금었다.

"흐, 흐으…… 읏."

필사적으로 입을 벌린 아슈레이를 앞에 두고 윌프레드가 기쁜 듯한 모습으로 몸을 떨었다.

"작은 입이기에 가능할까 하고 생각했는데, 어떻게든 되는군."

그렇게 말하면서도 좀 더 안까지 빨아들이라는 듯이 허리를 흔든다.

"흐…… 읏, 하아……."

목 안쪽까지 막힐 것 같이 되어 황급히 얼굴을 잡아 당겼다. 그의 것이 혀의 위를 문질러 오싹 하고 피부에 소름이 돋는다.

"……이…… 제, 쿨럭…… 으흐윽."

턱을 줄곧 열고 있었던 탓인지 옥죄이는 아픔이 느껴진다.

이렇다 할 정도의 봉사도 하지 못한 채 아슈레이는 항복할 것 같았다. 도움을 청하는 시선을 윌프레드에게 보냈을 때, 아슈레이는 매우 싫은 장면을 보았다.

그것은 못된 장난을 떠올린 것 같은 윌프레드의 모습이었다.

"좀 더 참을 수 있지 않은가. 막 물었을 뿐이라고."

윌프레드는 그렇게 말하며 아슈레이가 입고 있는 드레스의 끈을 풀기 시작했다. 그의 것으로 입이 막혀 있는 상태로는 아무 말도 할 수 없다. 그대로 굳게 몸을 조르고 있던 코르셋마저 풀려 나갔다.

"몸이 뜨겁군. ……흥분해 있는 거겠지? 시원해지게 드
레스를 벗겨 주었다."

윌프레드가 말하는 대로 아슈레이의 몸은 어쩔 도리도
없이 뜨거워져 있었다. 그저 그의 것에 혀를 대고 있었을
뿐이었는데—

피부 위에 오싹거리는 떨림이 느껴지고, 그의 것을 머금
은 목 안쪽에서 격렬한 욕구가 끓어올랐다.

"……흐…… 앗……. 흐, 흐응."

그리고 아슈레이는 열심히 입안에서 그의 중심을 핥아갔
다. 그러자 몸 속 저 밑을 찔러 올리던 감촉이 떠올라 몸을
부르르 커다랗게 떨고 말았다.

"……하으…… 하아아…… 앙, 흐으…… 응."

절절한 헐떡임을 흘리며 아슈레이는 열심히 혀를 움직여
갔다.

"훗, 흐으……."

아슈레이 스스로가 행위에 푹 빠져 있다는 것을 알아채
지 못한 사이에 윌프레드는 그녀의 가슴을 벗겨내고 있었
다.

단정치 못한 모습이 되어 있다는 것을 알아채고 그의 것
을 핥던 행동을 멈추려는 그녀에게 윌프레드가 말도 안 되
는 제안을 했다.

"제레미가 말이지, 이걸 네 가슴 사이에 끼워보라고 말

했었다. 부인들은 모두 그렇게 남편에게 봉사를 한다고
해."

제레미가 거짓말을 하고 있는 것이라는 것을 아슈레이는
바로 눈치챘다. 코르셋으로 꽉 조여 있는 탓에 커다랗게 보
일지도 모르겠지만, 세상 여자들 중 가슴 사이로 무언가를
끼워 넣을 만한 크기의 가슴을 지닌 이는 많지 않다.

가슴이 커다란 사람 자체가 적은데 그렇게 봉사를 하는
사람이 많다는 것은 있을 수 없는 일이다.

하지만 윌프레드가 기대에 가득 찬 눈으로 자신을 내려
다보고 있는 것을 보고 아슈레이는 그 말을 할 수가 없었
다.

할 수 없이 몸의 풍만한 가슴 봉우리에 그의 것을 끼워
넣고 끝부분을 혀로 핥았다. 그러자 윌프레드가 숨을 삼키
는 것이 전해져 왔다.

"……이것은……."

무슨 일이 있는 것일까. 아슈레이는 봉사를 계속하면서
도 걱정이 되었다. 그래서 그를 얼핏 살펴보았다.

그러자 윌프레드는 아슈레이를 가만히 내려다보면서 감
탄의 소리를 질렀다.

"감촉이 기분 좋은 것은 물론이거니와, 네가 부끄러워하
는 표정이 참을 수가 없다. ……역시 제레미로군. 여자의
좋은 점을 모두 알고 있어."

질려서 아무 말도 할 수 없었다. 이렇게 부끄럽게 만들어

놓고는 친구 이야기를 하다니, 최악이다. 울컥한 아슈레이가 그의 것에 이를 세우려고 한 순간.

갑자기 그녀의 턱이 잡혔다.

"뗵. 장난을 친다면 벌을 내리겠어."

'벌'이라는 말에 겁을 먹어 몸이 꽈악 굳었다. 아무래도 윌프레드는 생각에 잠겨 있으면서도 아슈레이를 빠짐없이 감시하고 있던 것 같다.

"자. ……네가 봉사하는 모습은 눈에 강렬하게 새겨졌다. 이제 됐으니 이쪽으로 와."

아슈레이는 윌프레드에게 끌어올려져 가슴을 드러낸 음란한 모습으로 그와 마주 보는 형태가 되어 그의 무릎에 두 다리를 벌리고 걸터앉게 되었다.

눈앞에 있는 것은 윌프레드의 얼굴이었다.

그녀의 허리를 안은 윌프레드는 기다리고 있었다는 듯이 가슴의 돌기에 맹렬하게 달라붙었다.

"……벌써 딱딱해져 있군. 봉사가 마음에 든 것인가."

허리에 팔이 둘러져 있는 탓에 조금도 도망칠 수 없어 아슈레이는 그가 하는 대로 당할 수밖에 없었다.

딱딱해진 돌기를 혀끝으로 핥아 굴리며 몇 번이나 그의 입안으로 빨아 당겼다.

"싫…… 어. 아, 아아앗."

유륜까지 통째로 빨아들여져 입안에서 달짝지근하게 깨무는 감촉에 지잉 하고 다리에 전율이 일었다. 그리고 그녀의 은밀한 곳이 꽉 조여와 둔한 욱신거림이 끓어올랐다.

"……하아……. 월……. 놔줘요……."

그녀의 배나 엉덩이의 위를 그가 미칠 듯이 어루만져 와 아슈레이는 숨이 차올랐다. 심장이 부서질 듯이 높게 고동치고 숨쉬기가 괴롭다. 하지만 월프레드는 손을 놓지 않고 아슈레이의 돌기를 계속 몰아세웠다.

"흐……읍, 자, 조금 더 하는 거다."

그가 아플 정도로 빨아올려 아슈레이는 몸을 비틀었지만 타액에 젖은 딱딱한 돌기는 뜨거운 혀끝에서 더욱 궁글궁글 주물러졌다.

"……그, 그렇게 빨지…… 마요……. 히이…… 잉, 하, 하아…… 아아앗!"

참지 못하고 달짝지근한 교성을 흘리자 월프레드는 불손한 표정으로 아슈레이를 올려다보았다.

"불평하지 말고 나를 조금 더 위로해 줘. 그것이 서로 사랑하는 부부의 본분이다."

"……정말……! 바보오……!"

그에게 사과하고 싶다는 아슈레이의 기분을 거꾸로 쥔 채 제멋대로 말하는 월프레드가 미워서 앙갚음을 하기 위해 그의 귓불에 이를 세우려고 한 순간.

스커트 안에 입고 있던 드로어즈가 한순간에 벗겨져 나갔다.

"꺄악……. 무, 무슨 짓을……."

그러자 윌프레드는 스커트를 걷어 올리고 그녀의 은밀한 곳을 가만히 바라보기 시작했다.

"이렇게 젖어 있는데도 가슴을 빨아들이는 것이 싫다…… 그런 거짓말을 하는 건가."

그의 말대로 아슈레이의 다리는 허벅지까지 흠뻑 젖어 있었다.

숨길 수 없는 진실임에도 아슈레이는 너무나도 부끄러운 나머지 인정하고 싶지 않아 목소리를 떨고 말았다.

"아, ……아니에요……. 이건……. 저기…… 그러니까……."

하지만 윌프레드의 애무 때문에 사고가 원활하지 않은 아슈레이는 변명이 떠오르질 않았다.

"그런가. 아니라면 나의 것을 핥고 젖어든 모양이로군."
낮은 목소리로 속삭여와 아슈레이는 점점 더 당황했다.

"……그런 게…… 아니…… 에요. 저는……."

윌프레드에게밖에 닿은 적이 없는 몸이었다. 그럴듯한 수단이 있을 리도 없을뿐더러 음란한 말에 대항할 내성도 없다.

아슈레이는 그저 부끄러움에 얼굴이 새빨개져 눈물을 그렁거리는 수밖에 없었다.

"정말로 외설스러운 신부로군. ……이곳에도 빨리 넣어 달라며 침까지 흘리고 있군.

촉촉하게 젖어든 그녀의 은밀한 곳에 윌프레드의 손이

돌아다녔다. 그곳이 한 번에 문질러진 순간, 아슈레이는 커다랗게 몸을 꿈틀 퉁겼다.

"⋯⋯아, 아니에요⋯⋯. ⋯⋯야, 야한 것은 윌프레드겠죠. 손⋯⋯ 놔줘요⋯⋯."

부끄러움을 참을 수 없어 결국 도망가려고 했던 아슈레이가 토라진 어린아이처럼 언성을 높였다. 하지만 윌프레드는 손을 놓으려 하지 않았다.

그러기는커녕 그녀의 뜨거워진 점막을 열었다. 그리고 꿀이 배어 있는 구멍에 손가락을 밀어 넣기 시작했다.

"아, ⋯⋯흐⋯⋯웃. 손가락⋯⋯ 넣으면⋯⋯ 안⋯⋯ 돼요. 안 된다고 말했는데⋯⋯. 아, 하아⋯⋯. 흐, 흐으⋯⋯. 저, 저에게⋯⋯ 그, 그런 일을 시키고⋯⋯."

아슈레이는 몸을 크게 젖혀 허리를 빼내어 손가락으로부터 도망을 치려 했다. 하지만 발그스름한 가슴의 돌기를 가지고 놀고 있던 윌프레드의 입술에 잡힌 채 그의 한 손이 자신의 허리를 꼭 안고 말아 도망칠 수 없었다.

"그런 일? 기억이 나질 않는군. 네가 어째서 젖어 있는 것인지 숨기는 일 없이 전부 가르쳐 주면 좋겠는데."

게다가 아슈레이의 말꼬리를 잡고 더욱 추궁을 해왔다.

"⋯⋯정말이지⋯⋯. 몰라요⋯⋯! 멋대로 해요⋯⋯."

휙 얼굴을 돌리자 윌프레드는 그녀의 안을 돌아다니고 있던 손가락을 빼냈다.

"승낙도 얻었겠다, 홍수를 일으킨 강의 관개공사라도 해

볼까……."

"……?"

어째서 이런 상황에서 관개공사 이야기가 나오는 것일 까……. 아슈레이가 의아하게 생각하자 그가 말을 이었다.

"흠뻑 젖어 꿀이 흘러넘치고 있는 이 장소를 막아서 보전시키지 않으면 큰일이 되지 않겠어?"

그렇게 말하고는 일어서 있는 그의 것을 아슈레이의 꽃 잎에 갖다 대었다.

"최악이에요, 정말이지…… 최악……!"

아슈레이는 윌프레드를 힐문했다. 하지만 그 도중에 아슈레이의 안으로 뜨겁게 타오르는 그의 것이 스르륵 밀려들어왔다.

"흐앗, 하아……. 아, 아웃! 무, 무슨……."

화내고 있는 상대의 몸을 비틀어 열다니 믿을 수 없는 행동이다. 아슈레이가 입을 뻐끔거리며 부끄러움과 분노에 떨고 있자 윌프레드가 생긋 웃어 보였다.

"아슈레이, 말이 틀렸어. ……이럴 때는 최고라고 말해."

그리고 느끼는 장소를 찾는 듯이 허리를 뒤흔들었다.

"흐으…… 웃. 하아…… 앙, 후우…… 하, 아아앙!!"

아슈레이는 화가 나는데, 기분이 좋을 게 틀림없다는 듯이 단정 짓는 윌프레드에게 화가 가라앉지 않는다.

"정…… 말. 싫…… 싫어……. 읍, 으으으……."

—싫어요. 아슈레이는 그렇게 말을 할 셈이었다. 하지만

입술이 막혀 그 이상의 말을 할 수 없었다.

"나에 대해서 좋아한다는 것과 사랑한다는 것 이외의 말은 하게 두지 않아. 네가 다른 말을 하려고 한다면 그 전에 입을 막아주지."

당연하다는 듯이 그렇게 말하는 윌프레드를 앞에 두고 아슈레이는 멍해질 수밖에 없었다.

이 무슨 제멋대로인 남자란 말인가.

"치, 치사…… 해요……. 흐읍……. 하아…… 아…… 앙."

화내는 말조차 그의 혀에 휘저어져 방해를 받는다.

"치사하지 않아. 솔직해지지 않는 네가 나쁜 거야. ……자, 나를 위로해 준다고 했지. 기분 좋아지는 장소를 찾도록 스스로 허리를 흔들어 봐."

"……싫…… 어."

남자 위에 걸터앉아 스스로 허리를 흔들다니, 그런 일은 할 수 없다.

아슈레이는 눈물 젖은 눈으로 고개를 옆으로 부들부들 흔들었다. 하지만 윌프레드는 눈물 젖은 그녀의 우는 얼굴조차 황홀한 듯한 표정으로 바라보았다.

"나는 이대로도 충분히 즐거우니 상관없어."

그렇게 말하고 윌프레드는 아슈레이의 딱딱하게 위로 향한 돌기의 측면을 혀로 빨아올렸다.

"아, 흐으으…… 웃."

오싹한 저릿함이 몸에 느껴져 아슈레이는 그 순간 허리를 튕겨 올리고 말았다.

"……아, 아흐…… 응."

그러자 그녀의 안을 가득 채우고 있던 그의 것이 끌려 나와 상실감으로 인해 등 근육에 떨림이 느껴졌다. 그리고 그것은 바로 되돌아와 흠뻑 젖은 그녀의 깊숙한 곳까지 채워 갔다.

"좋군, 그렇지. ……좀 더 흔들어 봐. 그쪽이 너도 즐거울 거다."

하지만 아슈레이는 스스로 움직인 것이 부끄러워서 사라져 버리고 싶을 정도였다.

"……윌…… 움직여…… 줘요……."

그의 어깨에 달라붙어 그렇게 애원했지만 윌프레드는 차갑게 대답했다.

"미안하지만 나는 바쁜데."

바쁘다고 말한 윌프레드가 하고 있는 것은 아슈레이의 가슴을 향한 애무뿐이었다.

그는 심술궂게 행동하고 있는 것이다. ……딕 왕자의 일로 질투했으면서.

이대로는 분명 그는 언제까지나 움직이지 않을 것이다.

격렬한 전율에 안달이 난 몸이 아슈레이의 마음에 반해 스스로 움직이기 시작했다.

"……후…… 하아. 아아…… 크…… 읍. 하아……. 하으응……."

숨을 흐트러뜨리며 허리를 올리자 오싹거리는 저릿함에 코끝에서 뜨거운 숨이 흘러나왔다. 그리고 허리를 천천히 떨어뜨렸다.

불타오르는 그의 것에 젖어든 벽이 열려 동시에 문질러지는 꽃술이 몸을 뒤로 젖힐 정도의 전율을 안겨주었다. 처음에는 서투른 움직임이었지만 이윽고 허리를 흔드는 데 속도가 붙기 시작했다.

"아, 하아……앙. 으……흐으……웃."

아슈레이가 허리를 위아래로 흔들 때마다 철썩거리며 점액질의 물소리가 커졌다.

"안쪽…… 가득하게……. 앗, 앗, 아아앗. ……하, 하앙…… 월……. 어, 어떻게 하면…… 저, 전……."

간헐적인 헐떡임을 흘리며 아슈레이가 소리를 지르자 월프레드는 사랑스러운 듯이 그녀를 안고 물었다.

"좋은 건가."

아슈레이는 부서진 인형처럼 끄덕끄덕 고개를 흔들었다.

좀 더, 안쪽까지 찔러줘요.

평소처럼 격렬하게 자신을 원해주었으면 했다.

스스로의 움직임으로는 만족스럽지 않아, 아슈레이는 월프레드의 늠름한 어깨에 매달렸다.

"무서워요……. 하지만 기…… 기분…… 좋아요……. 월의…… 커다란 것을…… 좀 더 가득…… 원해요……."

윌프레드는 아슈레이의 다리를 벌리고 그녀의 허리를 안았다. 그리고 위아래로 허리를 흔들고 격렬하게 움직이기 시작했다.

"……아, 훗, 으으응, 윌……. 굉장해……. 흐, 흐으…… 하아……. 아아……앗."

뜨겁게 맥박 치는 부풀어 오른 그의 것에 비틀어 열린 벽이 유열에 뒤흔들려 더욱 격렬한 전율이 느껴졌다.

"아, 아으읏!"

뜨겁게 떨리는 내벽이 수축해 아슈레이는 안에서 밀려오는 파도에 삼켜질 것 같았다.

—하지만. 그 직전에 소파로 뒤로 젖혀 밀쳐졌다. 그 순간 흠뻑 젖은 내부에서 꿀투성이가 된 수컷이 빠져나올 듯해 아슈레이는 싫다는 듯이 고개를 옆으로 저었다.

"윌…… 빼지…… 말아요……. 싫어……. 좀 더……."

애절하게 젖은 눈동자를 가늘게 뜨고 과실처럼 부풀어 오른 입술을 떠는 아슈레이의 모습을 윌프레드는 숨을 삼키고 내려다보았다.

"아슈레이……. 너는 정말로 질이 나쁜 여자로군. 좋아……. 조르는 만큼 만족시켜 주지."

그리고 윌프레드는 아슈레이의 다리를 안고는 가차 없이 허리를 흔들어, 격렬하게 준동하는 그녀의 내벽을 찌르기 시작했다.

"아, 아하앗, 흐으…… 웃!!"

맥박 치는 뜨거운 그의 것에 벽이 비틀어 열리고, 소파가 매우 삐걱거리며 부서질 정도로 뒤흔들렸다.

"……단련이 되었을 터인 정신도 육체도, 너를 상대로는 아무 소용없다. 사랑한다."

항복했다는 듯이 말하는 그의 말에 아슈레이는 몸도 마음도 뜨거운 것으로 가득 채워진 기분이 들었다.

그리고 그녀는 온몸을 부들부들 떨며 환희에 가득 찬 교성을 흘렸다.

"……아, 하아웃, 이제……. 가…… 하으으응…… 아아앗!"

몸부림을 치듯이 등을 뒤로 젖힌 아슈레이의 내벽이 수축하고, 윌프레드 역시 다시 허리를 약동시키며 뜨거운 물보라를 발했다.

뿌옇게 흐린 액체가 밀려 들어와 아슈레이는 다리를 떨며 새하얀 가슴 봉우리를 물결쳤다.

"……하아…… 하앗, 윌……."

작은 목소리로 이름을 부르자 그는 아슈레이의 몸을 뒤덮어 그의 몸을 이완시켰다.

그의 온기와 무게며 권태감이 매우 기분 좋다. 아슈레이는 윌프레드의 귓가에 살짝 입을 맞추고 쉰 목소리로 속삭였다.

"흐응…… 하으웃……. 윌…… 좋아해요……."

그러자 어째서인지 이제 갓 시들해졌던 윌프레드의 것이 그녀의 안에서 부풀어 올랐다.

"어, 아앗, 저기……."

절정에 갓 달했기에 느끼기 쉬워진 그녀의 안이 음란하게 전율했다.

안 된다. 지금 그가 자신을 만진다면 이상해져 버린다.

이슈레이는 그를 멈추려고 필사적으로 고개를 옆으로 저었다.

"……아, 안 돼요……. 조, 조금만…… 기다려요……."

비장함을 띠며 아슈레이는 그에게 계속 애원했다. 하지만 무정하게도 구부러진 자세로 다리가 가슴 쪽으로 밀어붙여져 있어 그대로 허리가 뒤흔들리기 시작했다.

"안 돼. 지금은 네가 나빠. 누가 어떻게 봐도…… 네가 나빠."

무엇이 나쁜 걸까, 아슈레이는 전혀 알 수 없었다. 그저 아주 살짝 솔직해진 것뿐인데.

"……싫어……. 하아……앗. 아, 아아…… 윌…… 은…… 바보오……."

그 후 윌프레드에게 몹시 심하게 격렬한 욕정을 받은 아슈레이는 '역시 정말 싫어요'라고 그에게 말하고 말아, 더욱 집요하게 희롱을 받게 되었다.

에필로그
신부는 왕자의 사랑을 탐닉한다

언니 마리벨이 아슈레이의 목숨을 노린 것을 알게 된 첼시레인 영세중립국의 부왕은 그녀에게 무거운 벌을 주기로 결정한 듯했다.

왕녀의 몸이기에 처벌받는 일은 없겠지만 두 번 다시 나쁜 일을 하지 못하도록 권력과 재산을 모두 몰수하고, 엄격한 감시 하에 두기로 한 듯하다. 그렇기에 아슈레이가 두 번 다시 노려지는 일은 없을 것이다.

그리고 불안을 안고 살 필요가 없어진 아슈레이는 남편인 윌프레드가 정무를 하는 사이, 자유롭게 행동하는 것을 허가받게 되었다. ……받았을 터였다.

하지만 집무실에 놓인 소파에 앉아 있는 아슈레이의 무

릎에는 어째서인지 윌프레드의 머리가 있었다.

윌프레드는 관대한 태도로,

"내가 정무를 하는 동안에는 마음대로 해도 좋다."

라고 말했었다. 하지만 그것은 말뿐이었다. 아슈레이가 자유롭게 행동하려고 하면 그가 기분 나빠하기 때문이었다.

"네가 자유롭게 행동한다는 것은 내 곁에서 떨어진다는 것인가? 대체 어디서 뭘 할 셈이지. 아침에 하루의 일정을 내게 상세하게 설명해. 그리고 하루가 끝나면 틀림없는지 확인하겠어."

만약 아슈레이가 티 룸에 있다고 한다면 그것을 증명하는 자가 세 명 정도는 있어야만 한다. 도서실에서 있다 하더라도 경호를 몇 명이나 붙이지 않으면 안 되며 화장실조차 마음대로 갈 수 없었다.

그런 귀찮은 일을 계속할 정도라면 차라리 윌프레드의 곁에 있는 편이 훨씬 편하다. 그렇기에 아슈레이는 그의 방에서 책을 들고 나와 집무실로 향한 것이었다. 하지만 휴식 시간이 되자마자 윌프레드는 어리광을 피우며 아슈레이의 무릎에 머리를 두었다.

아슈레이는 윌프레드가 성실하기는 하지만, 실은 능글맞은 것은 아닌지 생각하기 시작했다.

평소에는 딱딱한 말투의 윌프레드가 자신을 살짝 어루만지며,

"아슈레이, 사랑해."

라고 말하며 자신을 꼭 껴안으면 가슴이 두근거려서 그에게 거부할 수가 없는 것이다.

"……윽!"

결국에는 무엇이든 전부 윌프레드가 생각하는 대로 흘러간다.

분한 마음을 참으면서도 기분을 진정시키려고 했다. 그리고 아슈레이가 책을 읽기 위해 페이지를 펼치자, 그 사이에서 사랑스러운 압화가 나왔다. 아름다운 종이에 눌려져 책 사이에 끼워져 있던 것인데, 만들어진 지 얼마 되지 않은 새것으로 보였다.

그 줄기가 기묘하게 구부러져 있는 것을 알아챈 아슈레이는 고개를 갸웃했다. 그리고 문득 어떤 생각이 들어 다음 책을 펼쳤다. 그러자 그곳에도 똑같은 압화가 끼워져 있었다.

시험 삼아 윌프레드의 방에서 가지고 온 모든 책을 차례로 펼쳐 보자 그 모든 책에 압화가 끼워져 있었다.

"윌, 이건……."

아슈레이가 묻자 윌프레드는 의아한 듯이 반문했다.

"모르는 건가. 그건 압화라는 거다. 언제까지라도 마음에 든 꽃을 즐길 수 있지."

압화 정도는 알고 있다. 아슈레이가 묻고 싶은 것은 그것이 아니었다.

"이 꽃이요. 제가 화관을 만든 꽃과 같은 꽃인 것 같은데."

"그게 어쨌다는 거지? 화관을 만들었던 꽃이니 똑같은 게 당연한 거 아닌가."

아무래도 윌프레드는 아슈레이가 여관에서 화관을 풀어 유리잔에 넣었던 꽃을 모두 가지고 돌아온 듯했다.

"이것은 네가 내게 처음으로 준 것이다."

갑자기 그가 미소를 지어 아슈레이는 심장이 크게 뛰었다.

"기쁘게 받아줘서 기쁘지만……."

남편을 상대로 어째서 이렇게 격렬하게 두근거리게 되는 것일까.

어쩌면 윌프레드는 자신을 오래 살게 내버려둘 생각이 없는 것이 아닌가 하는 의심이 들 정도였다.

"무슨 일이지?"

그는 아슈레이가 동요한 것을 눈치채지 못하고 걱정스러운 듯이 물었다.

"무엇이든 마음에 든 것을 이렇게 둔다면 언젠가 큰일이 되지 않겠어요?"

이대로는 어쩌면 아슈레이가 매일 윌프레드에게 꽃을 보낸다면 궁전 안의 모든 책에 압화가 끼워질 듯했으며, 특기인 재봉을 이용해 모자를 만들어준다면 그는 분명 매일 빼먹지 않고 그것을 계속 쓰고 다닐 것이 눈에 선했다.

되돌릴 수 없는 일을 저지르기 전에 윌프레드의 생각을 바꾸지 않으면 안 될 것 같은 기분이 든다.

"이 궁전은 넓으니 상관없다."

"그런 문제가 아니라……."

윌프레드에게 어떻게 설명을 해야 좋을지 알 수 없어 아슈레이는 머리를 감싸 쥐었다.

그러자 갑자기 그는 납득한 듯이 고개를 끄덕였다.

"아아, 알겠다."

"……?"

무엇을 알았다는 것일까? 아슈레이는 고개를 갸웃했다.

"내가 너 이외의 것을 소중히 여기는 것이 마음에 들지 않는 것이로군."

윌프레드는 행복한 듯이 미소를 지으며 그렇게 말하고는 아슈레이의 무릎에서 머리를 들고 그녀의 입술에 닿을 정도로 얼굴을 맞대었다.

"……아, 아니에요……."

아슈레이는 윌프레드가 소중히 여기는 모든 것을 질투하고 있는 것이 아니다. 그런 오해는 하지 않았으면 했다.

"그런 게 아니에요, 저는 그저……. 이러면 아무것도 선물을 할 수 없으니까……."

필사적으로 변명을 하려 했지만 윌프레드는 들으려고도 하지 않았다.

"아슈레이는 귀엽구나. 질투하지 않아도 된다. 나는 네가 가장 좋다. 무엇인가를 대신하는 것이 아니다."

월프레드는 기분이 좋은 듯 그렇게 속삭이며 그녀의 볼에 입맞춤을 했다. 그러자 아슈레이는 얼굴이 새빨개졌다. 귀까지 새빨갛게 되어 있는 것을 알아채고 황급히 양손으로 귀를 눌렀지만 열은 전혀 내려가지 않았다.

그러자 그런 아슈레이를 가만히 내려다보며 월프레드가 가민히 속삭였다.

"이봐. 무슨 일이지. ……그런 엉큼한 얼굴을 하면 손을 대지 않고는 견딜 수 없다고. 이런 낮부터 나를 유혹하는 것은 그만두지."

부끄러움에 눈에 눈물이 어리고 만다. 놀리고 있는 것이 분명한데도 마음을 가라앉힐 수가 없었다.

"……하지 않았어요……. 그런 얼굴은……."

머리를 도리도리 옆으로 저으며 부정하자 그는 진지한 얼굴로 답했다.

"거울을 보여줄까?"

아무래도 월프레드는 진심으로 그렇게 말하고 있는 듯했다.

"보, 보, 보고 싶지 않아요. 보지 않아도 아니란 걸 알 수 있어요."

자신의 얼굴을 거울로 비춰 보며 엉큼하다고 생각하는 사람은 없다. 그저 얼굴이 새빨개진 자신을 알아채고 더욱 부끄러워질 뿐이다. 그런 것은 보고 싶지 않았다.

"아아. 할 수 없군. 후손을 만드는 것도 제대로 된 왕자의 역할이니까. 이대로는 순종적인 부하들조차 유혹할 것 같으니 음란한 너와 어울려 주겠어. 별로 상관은 없다고. 네 몸은 어디를 만져도 기분이 좋으니."

그가 부끄러운 대사를 연발함에 따라 아슈레이는 얼굴이 파래졌다 빨개졌다를 반복했다.

"실례되는 말은 하지 말아줘요."

아슈레이는 얼굴이 붉어졌을 뿐이다. 그런데 사람을 유혹하려 한다고 하다니, 제멋대로 말을 하지 말아주었으면 한다. 휙 얼굴을 돌리고 아슈레이는 집무실 밖으로 나가려고 했다. 물로 얼굴을 식히려고 생각했기 때문이었다.

하지만 그에게 팔이 붙들려 윌프레드의 품안에 갇히고 말았다.

"그런 얼굴로 밖에 나서지 말라고. 사람들에게 폐야. 아무리 고결한 정신을 지녔다고 하더라도 유혹적인 네 앞에서는 맞설 수가 없다."

사람을 놀리고 있다고밖에 생각되지 않는 말에 아슈레이가 얼굴을 들자, 그곳에는 진지하기 짝이 없는 윌프레드의 얼굴이 있었다.

"정말이지, 월! ……그 세심하지 못한 부분을 어떻게든 하라구요……."

아슈레이가 늠름한 그의 가슴을 토닥토닥 두드렸지만 윌프레드는 강아지가 자신에게 달라붙어 장난을 치고 있는 것을 보는 듯이 웃으며 달콤한 목소리로 속삭였다.

"네가 너무 좋아서 내 심장이 버틸 것 같지가 않다. 네가 먼저 이 병을 어떻게든 해주지 않겠나."

*　　　*　　　*

그 무렵 집무실 밖에서는 맥이 빠진 모습의 제레미와 경비병들의 모습이 있었다.

"하하하, 조금 정도는 기다려 줄까 하고 생각했는데, 뭔가 시작되려는 것 같네. 어떻게 할까나. 어떻게 하면 좋겠다고 생각해? 역시 이 타이밍에는 눈치가 없는 듯이 난입을 해야 하나? 하지만 나중에 귀찮을 정도로 화를 내려나? 자업자득인 주제에 사람을 나쁜 사람으로 만드는 데 말이지?!"

제레미는 못해 먹겠다는 듯이 갑주를 입고 있는 경비병을 흔들흔들 흔들었다.

"크레이즈 백작. 표정이 뭔가 불온해졌습니다. 부디 마음을 진정시켜 주시지요."

하지만 제레미는 점점 위태로운 시선을 보내며 입언저리에만 웃음을 띠고는 경비병에게 바싹 다가섰다.

"급하다고. 이 서류. 급하다는 의미를 아는 건가? 시급하다는 말이라고, 나도 한가한 게 아니라고?!"

"기분은 잘 알겠습니다. 하지만 전하와 아슈레이 공주님이 사이가 좋은 것은 어제오늘 시작된 일이 아니며, 정무

역시 여느 사람 못지않게 해내고 계시지 않습니까."

점점 흥분해가는 제레미를 경비병은 필사적으로 달랬다.

"아아, 그렇군. 좋은 것이 생각났다. 여기에 커다란 초인종을 붙여둘까, 덤으로 나이프를 넣을 구멍도 있으면 매우 편리하겠군!"

구멍은 만들지 못했지만 그 후 집무실에는 커다란 초인종이 붙어 있게 되었다. 웃으며 그 이유를 설명하는 제레미에게 아슈레이는 새파랗게 질렸지만, 월프레드는 아무렇지도 않게 문에 붙일 열쇠를 강화할 계책을 궁리하기 시작했다.

—첼시레인 영세중립국에서 온 천진난만하고 다정한 공주님은 그 후 마셜로트 제국의 많은 국민들에게 축복의 노래를 보내, 사람들의 마음에 행복을 전해 주게 된다.

그의 나라가 첼시레인을 침략하지 않았던 진정한 이유는 대국의 역대 왕비가 된 공주들이 사랑하는 장소를 누구도 상처 입히고 싶지 않다는 소원 덕분이었다.

그렇게 오늘도 대륙은 첼시레인을 중심으로 균형을 지키고, 사람들은 평화에 감사하는 것을 잊지 않고 지냈다.

『발칙한 마리아주~약탈의 왕자와 축복의 공주~』끝

작가 후기

　처음 뵙겠습니다. 혹은 안녕하세요. 마리로즈문고에서는 두 번째로 책을 발행하게 된 니가나입니다. 바로 얼마 전에 갓 데뷔를 했다고 생각하고 있었는데, 문고의 소녀 소설, 소프트커버의 일반 소설, 신서의 BL소설과 이것저것 쓰다 정신을 차려 보니 니가나의 저서도 어느새 두 자리가 되어 있었습니다. 설마 자신이 작가가 될 것이라고는 생각지도 못했기 때문에 깜짝 놀랐습니다! 모두 언제나 응원해 주시는 모든 분들의 덕분입니다. 감사합니다.

　이번 책은 '마감'의 의미를 알고 있는가 하고, 콧속에 손가락이 처박혀 흔들흔들 뒤흔들려도 어쩔 수 없는 상황이 되었음에도 어떻게든 만들어낼 수 있었습니다. 감사합니다

(폭포수 같은 땀이 나고 있습니다). 니가나의 저서의 절반은 담당 편집자님의 인내로 만들어져 있습니다. 다른 절반은 열정과 에로 귀신으로 되어 있습니다(다른 절반은 잘못되어 있어!).

농담은 그만하고 『발칙한 마리아주』는 제가 쓴 상업지로는 처음으로 그다지 진지하지 않습니다. '바보다! 그런 바보 같은! 에로디!' 같은 느낌입니다. 보시는 대로 살짝 텐션이 높습니다. 무구했던 남자 주인공이 사랑이라는 이름의 욕망에 눈을 뜨고 기행을 행하는 장대한(어디가) 러브스토리입니다! 기본적으로 니가나의 저서는 기껏 높은 스펙을 가진 미남이 사랑을 하게 됨에 따라 어디까지 안쓰러운 미남이 되어 가는 것인가 하는 궤적을 그리고 있는 것이 많습니다. 안쓰러운 미남에게 반하게 된 여주인공이 남자 주인공의 품에 사로잡힐 때까지! 이른바 소설이라는 이름의 변태 관찰 일기!(엇)

니가나의 책에 사랑이라든가 두근거림 같은 것을 원하면 안 됩니다! 이상한 소설의 틈새기에서 아주 살짝 사랑이 반짝이는 것이 보이기도 합니다만, 유성을 찾았을 때의 희소함과 같은 것으로 찾은 것을 기뻐해 주시면 감사하겠습니다! 그것을 놓친다면 두 번 다시 사랑은 등장하지 않습니다! 제대로 메모해 두세요!!(어떤 소녀 소설)

농담은 그만하고 이번에도 신세를 지게 된 마리로즈문고

의 편집자 Y님에게 서두에도 썼던 것처럼, 매우 큰 폐를 끼치게 되었습니다(땀). 정말이지 인내력과 노력이 없었다면 여기까지 오지 못했을 것이라고 생각합니다. 진즉에 모가지가 날아갔어도 이상하지 않은 일입니다.

죄송합니다, 죄송합니다! 한 권을 쓸 때마다 몇 번이나 사죄할 만한 짓거리를 하는 것인지 알 수 없는 상황입니다만, 죄송합니다(땀).

니가나의 양손에는 태어났을 때 소걸음이라는 저주가 걸려 있는 것이 틀림없습니다. 하지만 소는 조금씩이라도 노력을 하며 앞으로 나아가고 있습니다! 즉, 니가나의 소걸음도 이후…… 너는 노력하고 있지 않다고(아니아니, 그런 일은 없습니다). 니가나는 분명 태어났을 때 거북이의 걸음이라는 저주에……!! (이하 생략) 농담은 그만하고 정말로 감사합니다. 편집부의 인내력에 의해 다시 이쪽에서 뵐 일이 있을지도 모르겠습니다(눈을 돌린다).

그때는 잘 부탁드리겠습니다.

그리고 이번에 일러스트는 나카가와 와카 선생님께 부탁을 드렸습니다! 마리로즈문고에서 첫 번째 작품이 정해졌을 때 벌써 두 번째 책의 일러스트를 부탁드릴 분을 찾고 있었지만, 니가나가 인터넷상에서 한눈에 반해 부탁을 드리게 되었습니다!

러프를 받을 때마다 매우 흥분해서 텐션이 올라가 원고

도 즐겁게 쓸 수 있었습니다! 언제나 진지한 작품이었는데 이번에는 그렇고 그런 내용이 되어버렸지만, 그림을 그려주신 것만으로도 정말로 기뻤습니다. 나카가와 와카 선생님, 정말로 감사합니다!

　그리고 마지막이 되겠습니다만, 읽어주신 모든 분들께 감사인사를 드립니다. 이번에는 달콤한 연애로, 지쳐 계실 때에도 가볍게 읽고 즐길 수 있는 이야기를 목표로 집필했는데 어떠셨는지요. 혹시 괜찮으시다면 감상 등을 들려주신다면 감사하겠습니다. 답장도 해드리고 있지만, 이런저런 원고가 밀려 있어 지금은 그쪽으로 영 신경을 쓸 수가 없는 상황입니다. 느긋하게 기다려 주시면 기쁘겠습니다.

　그럼 늘 하는 말이긴 합니다만, 엉큼함 만세! 엉큼함 만세! 이렇게 매일 1엔씩 저금을 하는 듯이 사람의 마음에 깃들어 감에 따라 언젠가 대풍작이 되어 수확의 날을 맞이할 것입니다!(없어) 엉큼함 대수확이라든가 엄청나게 타오릅니다!!(웃음)

　여러분은 이런 식으로 유감스러운 어른이 되어서는 안 됩니다. 이미 어른이 되신 분도 길을 잘못 드시면 안 됩니다(웃음). 니가나는 그럼에도 오늘도 건강하게 지내고 있습니다. 감사합니다.

니가나

역자 후기

안녕하세요, 다온입니다. 이번에는 강아지를 가장한 늑대 한 마리를 선보여 드렸는데 어떠셨는지요. 니가나 선생님 말씀대로 엉큼함 만세!인 것일까요 후후후. 예전에 읽었던 어느 책에서도 흡사 강아지 같은 성격에 꼬리를 막 흔들어대는 것이 눈앞에 선한 주인공이 있었습니다. 역시 강아지는 제 취향인……(쿨럭쿨럭).

책의 여주인공인 아슈레이는 훌륭한 미모와 노랫소리를 가지고도 언니인 마리벨의 계략에 의해 그 사실을 모른 채 살아가는 공주님입니다. 개인적으로는 계략을 쓰는 여주인공이 좋지만 아슈레이처럼 순수한 공주님도 나쁘지 않았습니다. 다만 나중에는 윌프레드의 머리 꼭대기 위에 앉아 있을 수 있게 성장하게 된다면 더욱 좋을 것 같습니다.

　남자 주인공인 윌프레드는 대국의 왕자로 신붓감을 구하러 다른 나라로 갔다가 아슈레이의 노랫소리에 반하게 됩니다. 그리고 이 무대포인 왕자는 그녀를 막무가내로 자신의 나라로 데리고 가게 됩니다. 작품 속에서 아슈레이도 말했다시피 섬세함이 부족한 남자인 거죠. 그래도 아슈레이가 만들어준 화관을 받고 강아지처럼 기뻐하기도 하고 그 화관으로 압화를 만든 걸 보면 순수한 면도 가지고 있는 남자입니다. 비록 침대에서는 그 순수함이 짓궂음으로 바뀌지만 말이죠.

　제가 가장 좋다고 생각한 장면은 윌프레드의 머리 위에서 화관을 다시 내려놓으려는 아슈레이를 윌프레드가 노려본 장면입니다. 역시…… 강아지는 자기가 가지고 놀던 뼈다귀를 빼앗으면 화를 내……. 아닙니다. 아무튼 그 장면에서 윌프레드는 확실하게 자신의 마음을 표현했다고 생각합니다. 보통 좋아하지도 않는 여자가 준 것을 그렇게 소중히 여기는 남자는 없을 테니 말이죠. 그리고 윌프레드의 친구인 제레미의 캐릭터도 좋았다고 생각합니다. 소꿉친구이며 윌프레드의 곁을 항상 지켜주는 존재이지만 그의 순진함을 이용해 잘못된 지식도 마구 집어넣어 주는 못된 친구이기도 하지요. 나중에 제레미를 주인공으로 한 러브스토리가 나와도 재미있을 것 같다는 생각이 듭니다. 그때는 여주인공이 말괄량이였으면 좋겠네요. 도저히 제레미가 당해 낼 수 없는 소녀로 말이죠 후휴후.

점점 날씨가 따뜻해지다 못해 더워지는 것을 보니 봄을 지나 여름에 한 걸음 다가간 듯한 느낌이 듭니다. 여름에는 과연 모니터 앞에서 얼마나 버텨낼 수 있을지 벌써부터 걱정이 되지만 뭐, 어떻게든 되겠지라는 살짝 맛이 간 정신으로 버텨보려 합니다. 그럼 이 작품을 읽어주셔서 감사합니다. 다음에 또 뵙겠습니다.

여름이 성큼 다가온 어느 날 다온 드림

TL 로맨스 원고 공모

한국 TL을 선도해 나가는
AIN-FIN 메르헨-엘르 노블에서
뜨겁고 은밀한 사랑 이야기를 찾습니다.

장르 : TL 로맨스(현대, 판타지, 시대물 무관)
분량 : 200자 원고지 기준 700매 내외

보내주실 곳 : ainandfin@naver.com

채택되신 작품은 계약 후 교정 작업을 거쳐 정식 출간됩니다!

많은 참여 부탁드립니다.